STS

山田社

U0080084

STS

山田社

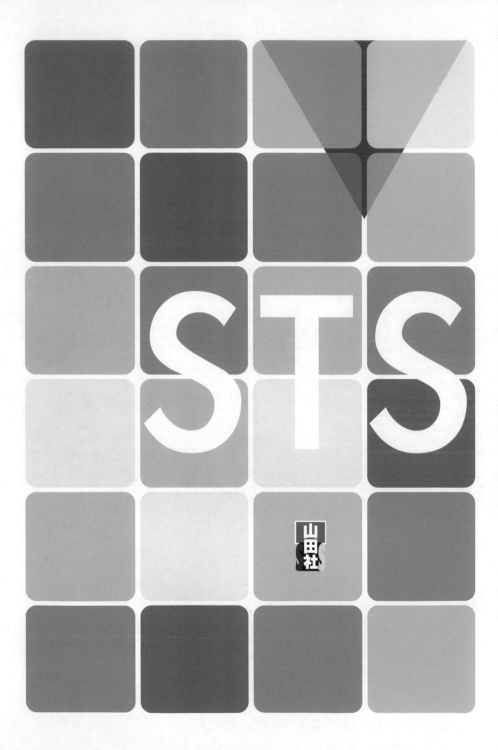

STS

山田社

考試分數大躍進
累積實力
百萬考生見證
應考秘訣

5

根據日本國際交流基金考試相關概要

線上音檔
QR Code

高效自學塾

絕對合格
日檢必背文法

山田社日檢題庫小組
吉松由美・千田晴夫
林勝田　　◎合著

5 **N**

文法精解

例句
生字　注解

完全自學版型

これ
1冊で
大丈夫！

新制對應！
文法突然間清楚了！

前言

學日語讓自己發光發熱，讓工作機會主動找上門，
讓未來更寬廣！

自學制霸日檢最強自學法！ ....

超活用詞性分類→文法口訣濃縮→日常小劇場帶入情境→完全自學式版型
→〔每個例句文法細細說明＋點出例句生字中譯〕，將大顯神通，學習開竅了，
文法突然間清楚了！

一個人走到哪，學到哪，隨時隨地增進日語文法力，輕鬆通過新制日檢！想
考過日檢並不是埋頭苦幹就行，必須看準對的地方、使出全力一擊，才能發
揮良效。想要擊出全壘打，就要打中甜蜜點！！制霸日檢最強自學法：最具
權威日檢金牌教師竭盡所能、濃縮密度，讓您學習效果再次翻倍！

精采內容： ....

① 超活用「詞性分類」歸納腦中文法，不再零亂分散，概念更紮實，學習
更精熟！

② 「瞬間回憶關鍵字」文法口訣濃縮精華成膠囊，考試瞬間打開記憶寶庫。

③ 邁向精熟「類義表現專欄」，延伸比較學習，掌握相似、相反用法。

④ 用生動活潑的日常小劇場，將文法例句應用在真實的生活裡！

⑤ 制霸日檢最強自學法，針對〔例句文法細細說明＋點出例句生字中譯〕，
讓您成為高效自學者，自學文法變簡單。

⑥ 8回分類測驗立驗成果，3回必勝全真模擬試題，100% 命中考題！

本書說明

9招百分百全面的日檢學習對策，讓學習更輕鬆更有效，讓記憶永遠存在：

①分類

超活用「詞性分類」，以用法分類，快速建立文法體系！書中將文法詞性進行分類，按助詞、接尾詞、疑問詞、指示詞、形容詞、形容動詞、動詞、副詞…等共 10 章節，幫您歸納，以一帶十，把零散的文法句型系統列出，讓學習更有效果，文法概念更為紮實，學習更為精熟。

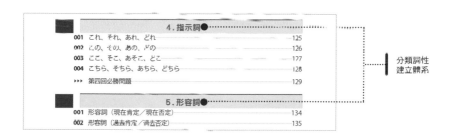

分類詞性
建立體系

②口訣

「瞬間回憶關鍵字」文法口訣濃縮精華成膠囊，考試瞬間打開記憶寶庫！文法解釋為什麼總是那麼抽象又複雜，每個字都讀得懂，但卻很難讀進腦袋裡？本書貼心在每項文法解釋前加上「關鍵字」，也就是將大量資料簡化的「重點字句」，去蕪存菁濃縮文法精華成膠囊，幫助您以最少時間就能輕鬆抓住重點，刺激聯想，進而達到長期記憶的效果！有了這項記憶法寶，絕對讓您在考試時瞬間打開記憶寶庫，高分手到擒來！

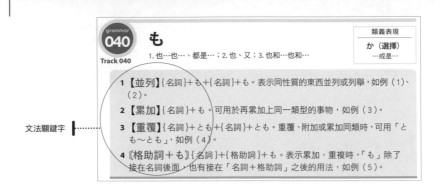

文法關鍵字

③ 類義

比較並延伸學習相近、相反用法，讓學習邁向精熟！同樣一句話，光是口語、正式說法，就天差地遠大不相同了！因此，換個說法的類義表現，是考試最常出現的考法。本書文法中補充了一些在 N5 文法考題中有需求的類義表現，讓您方便進行比較。除此之外，書中還有收錄一些日文小祕方的補充專欄（例如數字唸法、指示代名詞系列介紹等），還附有專欄小測驗，能幫助您全方面的學習喔！

類義表現

補充專欄

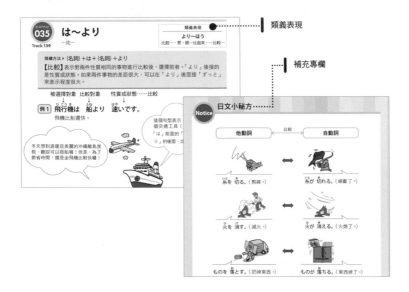

④ 劇場

　　用生動活潑的日常小劇場，將文法例句應用在真實的生活裡！如何把文法應用在真實的生活裡？每項文法用生動活潑的日常小劇場來開啟章節，與日常情境串聯，巧妙地將文法書和故事書結合起來！每一項文法都有一張令人會心一笑的插圖，配合生活常用的一句話，清楚、細膩地表現文法特色，讓您學習效果立竿見影，快樂嚐到使用日語的喜悅，語感瞬間開竅。

⑤ 策略

　　一目了然重點速記表，建立學習策略，系統式學習。文法重點，一覽無遺的文法速記表，不僅依照本書內容做排序，還附有文法中譯。速記表可以讓您在最短的時間內進行復習，還可以剪下來隨身攜帶，是前往考場，考前復習的高分合格護身符。它更是最便利、最精華的 N5 文法資料庫！書中還附上讀書計畫表，讓讀者能按部就班進行讀書計畫。有計畫絕對就會有好成績喔！

6 版型

完全自學式版型，針對〔例句文法細細說明＋點出例句生字中譯〕，讓您成為高效自學者。例句中，文法的靈活應用和單字變化經常讓初學者看得一知半解，為了讓讀者們自學也能學得輕鬆又深入，本書以完全自學式版型，在例句旁精心撰寫詳盡的文法說明，分析文法在各種情況下的使用方式。同時挑出例句中的生字，在生字上方貼心標上中文字義，讓學習過程無壓力、好理解，也能順道從例句中學到更多單字。「原來還有這種用法！」、「原來是這個意思！」讓您學習不含糊，一定看得懂。

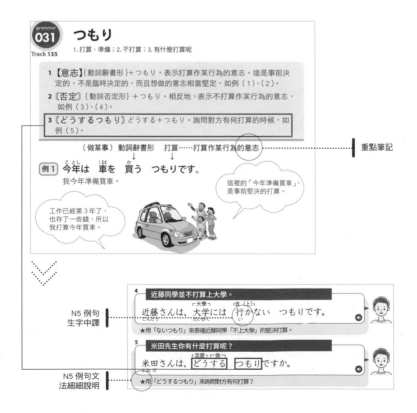

7 實戰

　　立驗成果 8 回文法小練習，身經百戰，成功自然手到擒來！每個單元後面，皆附上文法小練習，幫助您在學習完文法概念後，「小試身手」一下！提供您豐富的實戰演練，當您身經百戰，成功自然手到擒來！

必勝問題

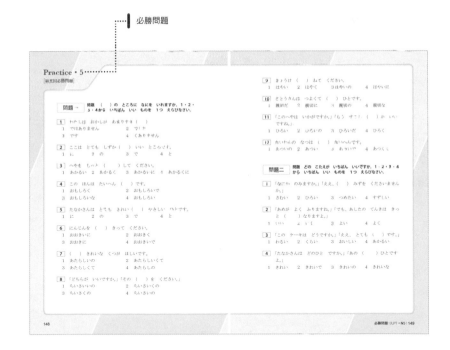

8 命中

　　3回必勝全真模擬試題，直擊考點，全解全析，100% 命中考題！書末最後又附上，金牌日檢教師以專業與實力精心撰寫必勝模擬試題，試題完整掌握新制日檢出題傾向，並參考國際交流基金和及財團法人日本國際教育支援協會對外公佈的，日本語能力試驗文法部分的出題標準。依照不同的題型，告訴您不同的解題訣竅。讓您在演練之後，不僅能立即得知學習效果，並能充份掌握考試方向，提升考試臨場反應。就像上過合格保證班一樣！如果對於綜合模擬試題躍躍欲試，推薦完全遵照日檢規格的《增訂版 合格全攻略！新日檢 6 回全真模擬試題 N5 》進行練習喔！

問題說明
應試訣竅

模擬考題

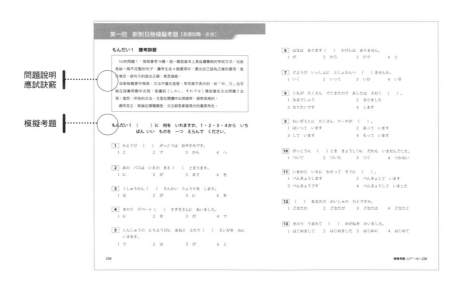

⑨ 聽贏

　　書 QR 碼線上音檔幫您完勝「新制日檢」！書中所有日文句子，都由日籍教師親自錄音，發音、語調、速度都要求符合 N5 新日檢聽力考試程度，讓您一邊學文法，一邊還能熟悉 N5 程度的發音，這樣眼耳並用，讓腦袋更靈活，為您打下堅實基礎，贏取合格證書！讓工作機會主動找上門，讓未來更寬廣！

線上音檔 ┊┈┈┈┈

grammar 032 Track 136

をもらいます
取得、要、得到

> **接續方法▶**{名詞}＋をもらいます
> 【授受】表示從某人那裡得到某物。「を」前面是得到的東西。給的人一般用「から」或「に」表示。

　　　　　人　　　物　　　　　得到……從某人得到某西
　　　　　↓　　　↓　　　　　↓
例1　彼から　花を　もらいました。
我從他那裡收到了花。

目録
contents

2. 接尾詞

9. 副詞

10. 接續詞

詞性說明

詞　性	定　義	例（日文／中譯）
名詞	表示人事物、地點等名稱的詞。有活用。	門（大門）もん
形容詞	詞尾是い。説明客觀事物的性質、狀態或主觀感情、感覺的詞。有活用。	細い（細小的）ほそ
形容動詞	詞尾是だ。具有形容詞和動詞的雙重性質。有活用。	静かだ（安靜的）しず
動詞	表示人或事物的存在、動作、行為和作用的詞。	言う（說）い
自動詞	表示的動作不直接涉及其他事物。只説明主語本身的動作、作用或狀態。	花が咲く（花開。）はな さ
他動詞	表示的動作直接涉及其他事物。從動作的主體出發。	母が窓を開ける（母親打開窗戶。）はは まど あ
五段活用	詞尾在ウ段或詞尾由「ア段＋る」組成的動詞。活用詞尾在「ア、イ、ウ、エ、オ」這五段上變化。	持つ（拿）も
上一段活用	「イ段＋る」或詞尾由「イ段＋る」組成的動詞。活用詞尾在イ段上變化。	見る（看）み／起きる（起床）お
下一段活用	「エ段＋る」或詞尾由「エ段＋る」組成的動詞。活用詞尾在エ段上變化。	寝る（睡覺）ね／見せる（讓…看）み
變格活用	動詞的不規則變化。一般指カ行「来る」、サ行「する」兩種。	来る（到來）く／する（做）
カ行變格活用	只有「来る」。活用時只在カ行上變化。	来る（到來）く
サ行變格活用	只有「する」。活用時只在サ行上變化。	する（做）
連體詞	限定或修飾體言的詞。沒活用，無法當主詞。	どの（哪個）
副詞	修飾用言的狀態和程度的詞。沒活用，無法當主詞。	余り（不太…）あま

詞　性	定　義	例（日文／中譯）
副助詞	接在體言或部分副詞、用言等之後，增添各種意義的助詞。	も（也…）
終助詞	接在句尾，表示説話者的感嘆、疑問、希望、主張等語氣。	か（嗎）
接續助詞	連接兩項陳述內容，表示前後兩項存在某種句法關係的詞。	ながら（邊…邊…）
接續詞	在段落、句子或詞彙之間，起承先啟後的作用。沒活用，無法當主詞。	しかし（然而）
接頭詞	詞的構成要素，不能單獨使用，只能接在其他詞的前面。	御^お（貴〈表尊敬及美化〉）
接尾詞	詞的構成要素，不能單獨使用，只能接在其他詞的後面。	〜枚^{まい}（…張〈平面物品數量〉）
寒暄語	一般生活上常用的應對短句、問候語。	お願^{ねが}いします（麻煩…）

▶ 形容詞・形容動詞

活 用	形容詞（い形容詞）	形容動詞（な形容詞）
形容詞基本形	おおきい	きれいだ
形容詞詞幹	おおき	きれい
形容詞詞尾	い	だ
形容詞否定形	おおきくない	きれいでない
形容詞た形	おおきかった	きれいだった
形容詞て形	おおきくて	きれいで
形容詞普通形	おおきい おおきくない おおきかった おおきくなかった	きれいだ きれいではない きれいだった きれいではなかった
形容詞丁寧形	おおきいです おおきくありません おおきくないです おおきくありませんでした おおきくなかったです	きれいです きれいではありません きれいでした きれいではありませんでした

▶ 名詞

活 用	名 詞
名詞普通形	あめだ あめではない あめだった あめではなかった
名詞丁寧形	あめです あめではありません あめでした あめではありませんでした

▶ 動詞

活　用	五　段	一　段	カ　変	サ　変
動詞基本形 （動詞辭書形）	書^かく	集^{あつ}める	来^くる	する
動詞詞幹	書^か	集^{あつ}	0 （無詞幹詞尾區別）	0 （無詞幹詞尾區別）
動詞詞尾	く	める	0	0
動詞否定形	書^かかない	集^{あつ}めない	こない	しない
動詞ます形	書^かきます	集^{あつ}めます	きます	します
動詞た形	書^かいた	集^{あつ}めた	きた	した
動詞て形	書^かいて	集^{あつ}めて	きて	して
動詞命令形	書^かけ	集^{あつ}めろ	こい	しろ
動詞意向形	書^かこう	集^{あつ}めよう	こよう	しよう
動詞普通形	行^いく 行^いかない 行^いった 行^いかなかった	集^{あつ}める 集^{あつ}めない 集^{あつ}めた 集^{あつ}めなかった	くる こない きた こなかった	する しない した しなかった
動詞丁寧形	行^いきます 行^いきません 行^いきました 行^いきませんでした	集^{あつ}めます 集^{あつ}めません 集^{あつ}めました 集^{あつ}めませんでした	きます きません きました きませんでした	します しません しました しませんでした

N5 文法速記表

★ 步驟一：沿著虛線剪下《速記表》，並且用你喜歡的方式裝訂起來！

★ 步驟二：請在「讀書計劃」欄中填上日期，依照時間安排按部就班學習，每完成一項，就用螢光筆塗滿格子，看得見的學習，效果加倍！

詞性	文　法	中　譯（功能）	讀書計畫
助詞	が	表對象；表主語	
	疑問詞＋が	表疑問詞主語	
	が（逆接）	但是…	
	が（前置詞）	作為開場白使用	
	〔目的語〕＋を	表目的或對象	
	〔通過・移動〕＋を＋自動詞	表通過、移動	
	〔離開點〕＋を	表離開場所	
	〔場所〕＋に	有…、在…	
	〔到達點〕＋に	到…、在…	
	〔時間〕＋に	在…	
	〔目的〕＋に	去…、到…	
	〔對象（人）〕＋に	給…、跟…	
	〔對象（物・場所）〕＋に	…到、對…、在…、給…	
	〔時間〕＋に＋〔次數〕	…之中、…內	
	〔場所〕＋で	在…	
	〔方法・手段〕＋で	用…；乘坐…	
	〔材料〕＋で	用…	
	〔狀態・情況〕＋で	在…、以…	
	〔理由〕＋で	因為…	
	〔數量〕＋で＋〔數量〕	共…	
	〔場所・方向〕へ（に）	往…、去…	
	〔場所〕へ／（に）〔目的〕に	到…（做某事）	
	名詞＋と＋名詞	…和…、…與…	
	名詞＋と＋おなじ	和…一樣的、和…相同的	
	〔對象〕と	跟…一起；跟…	
	〔引用內容〕と	說…、寫著…	
	から〜まで、まで〜から	從…到…	
	〔起點（人）〕から	從…、由…	
	から（原因）	因為…	
	ので（原因）	因為…	

詞性	文　法	中　譯	讀書計畫
助詞	や（並列）	…和…	
	や～など	和…等	
	名詞＋の＋名詞	…的…	
	名詞＋の	…的	
	名詞＋の（名詞修飾主語）	表名詞修飾主詞	
	は～です（主題）	…是…	
	は～ません（否定）	表否定	
	は～が（狀態對象）	表狀態的對象	
	は～が、～は～（對比）	但是…	
	も	…也…、都…	
	も（數量）	竟、也	
	疑問詞＋も＋否定（完全否定）／肯定（完全肯定）	也（不）…	
	には、へは、とは	表強調	
	にも、からも、でも	表強調	
	ぐらい、くらい	大約、左右、上下；和…一樣…	
	だけ	只、僅僅	
	じゃ	那麼、那	
	しか＋否定	只、僅僅	
	ずつ	每、各	
	か（選擇）	或者…	
	か～か～（選擇）	…或是…	
	疑問詞＋か	表不明確的	
	〔句子〕＋か	嗎、呢	
	〔句子〕＋か、〔句子〕＋か	是…，還是…	
	〔句子〕＋ね	…喔、…呀、…嗎、…呢	
	〔句子〕＋よ	…喔	
接尾詞	じゅう	…期間；…內	
	ちゅう	…中、正在…	
	たち、がた、かた	…們	
	ごろ	左右	
	すぎ、まえ	過…、…多；差…、…前；未滿	
	かた	…法、…樣子	

詞性	文法	中譯	讀書計畫
疑問詞	なに、なん	什麼…	
	だれ、どなた	誰;哪位…	
	いつ	何時、幾時	
	いくつ(個數、年齡)	幾個、多少;幾歲	
	いくら	多少	
	どう、いかが	如何、怎麼樣	
	どんな	什麼樣的	
	どのぐらい、どれぐらい	多(久)…	
	なぜ、どうして	為什麼	
	なにか、だれか、どこか	某些、什麼;某人;去某地方	
	なにも、だれも、どこへも	也(不)…、都(不)…	
指示詞	これ、それ、あれ、どれ	這個;那個;那個;哪個	
	この、その、あの、どの	這…;那…;那…;哪…	
	ここ、そこ、あそこ、どこ	這裡;那裡;那裡;哪裡	
	こちら、そちら、あちら、どちら	這邊、這位;那邊、那位;那邊、那位;哪邊、哪位	
形容詞	形容詞(現在肯定/現在否定)	客觀事物的狀態或主觀感情;前項的否定形	
	形容詞(過去肯定/過去否定)	過去的事物狀態、過去的感覺;前項的否定形	
	形容詞く+て	表示停頓及並列;理由、原因	
	形容詞く+動詞	表修飾動詞	
	形容詞+名詞	…的…	
	形容詞+の	表替代名詞	
形容動詞	形容動詞(現在肯定/現在否定)	說明事物性質與狀態;前項的否定形	
	形容動詞(過去肯定/過去否定)	過去的事物性質與狀態、過去的感覺與感情;前項的否定形	
	形容動詞で	表停頓及並列;理由、原因	
	形容動詞に+動詞	表修飾動詞	
	形容動詞な+名詞	…的…	
	形容動詞な+の	表替代名詞	

詞性	文　法	中　譯	讀書計畫
動詞	動詞（現在肯定／現在否定）	人或事物的存在；習慣；計畫；前項的否定形	
	動詞（過去肯定／過去否定）	過去的存在、行為和作用；前項的否定形	
	動詞（基本形）	用在關係親近的人之間的基本辭書形	
	動詞＋名詞	…的…	
	が＋自動詞	表無人為意圖發生的動作	
	を＋他動詞	表有人為意圖發生的動作	
	動詞＋て	表原因；表並舉動作或狀態；表動作進行；表方法、手段；表對比	
	動詞＋ています（動作進行中）	表動作進行中	
	動詞＋ています（習慣性）	表習慣	
	動詞＋ています（工作）	表職業	
	動詞＋ています（結果或狀態的持續）	表結果或狀態的持續	
	動詞ないで	沒…就…；沒…反而…、不做…，而做…	
	動詞なくて	因為沒有…、不…所以…	
	自動詞＋ています	…著、已…了	
	他動詞＋てあります	…著、已…了	
句型	名詞をください	我要…、給我…	
	動詞てください	請…	
	動詞ないでください	請不要…	
	動詞てくださいませんか	能不能請您…	
	動詞ましょう	做…吧	
	動詞ましょうか	我來…吧、我們…吧	
	動詞ませんか	要不要…吧	
	名詞がほしい	…想要…	
	動詞たい	…想要…	
	とき	…的時候…	
	動詞ながら	一邊…一邊…	
	動詞てから	先做…，然後再做…；從…	
	動詞たあとで、動詞たあと	…以後…	
	名詞＋の＋あとで、名詞＋の＋あと	…後	

詞性	文 法	中 譯	讀書計畫
句型	動詞まえに	…之前，先…	
	名詞＋の＋まえに	…前	
	でしょう	也許…、可能…、大概…吧；…對吧	
	動詞たり～動詞たりします	又是…、又是…；有時…，有時…	
	形容詞く＋なります	變…	
	形容動詞に＋なります	變成…	
	名詞に＋なります	變成…	
	形容詞く＋します	使變成…	
	形容動詞に＋します	使變成…	
	名詞に＋します	讓…變成…、使其成為…	
	のだ	表客觀地對話題的對象、狀況進行說明	
	もう＋肯定	已經…了	
	もう＋否定	已經不…了	
	まだ＋肯定	還…；還有…	
	まだ＋否定	還（沒有）…	
	という名詞	叫做…	
	つもり	打算、準備	
	をもらいます	取得、要、得到	
	に～があります／います	…有…	
	は～にあります／います	…在…	
	は～より	…比…	
	より～ほう	…比…、比起…，更…	
	ほうがいい	最好…、還是…為好	
副詞	あまり～ない	不太…	

MEMO

1

N5

助詞

>>> 內容

grammar 001 が

Track 001

類義表現

目的語＋を
表示動作目的、對象

接續方法▶{名詞}＋が

1 【對象】「が」前接對象，表示好惡、需要及想要得到的對象，還有能夠做的事情、明白瞭解的事物，以及擁有的物品，如例（1）～（3）。

2 【主語】用於表示動作狀態的主語，「が」前接描寫眼睛看得到的、耳朵聽得到的事情等，如例（4）、（5）。

話題　　　對象　　擁有……擁有的對象
↓　　　　↓　　　　↓

例1 あの　人は　お金が　あります。
　　　　ひと　　かね

那個人有錢。

那位女孩剛從銀行領了錢出來。

用「が」表示，「あります」（擁有）的是前面的「お金」（錢）。
かね

←が

☞ 文法應用例句 ‥‥‥‥‥‥‥‥‥‥‥‥‥‥‥‥‥‥‥‥‥‥‥

2

我想製做甜點，因此需要用到砂糖。

┌點心┐　┌製作┐　　┌砂糖┐
お菓子を　作るので　砂糖が　いります。
か　し　　　つく　　　　さ　とう

★「が」表示「砂糖」是對象，是做糕點所「いります（需要）」的東西。

3

我喜歡你。

┌我┐　　┌你┐　┌喜歡的┐
私は　　あなたが　好きです。
わたし　　　　　　す

★「が」表示「あなた」是對象，「私」喜歡的對象是「あなた」。

4

風正在吹。

┌風┐　┌吹拂┐
風が　吹いて　います。
かぜ　　ふ

★「が」前接身體感覺到的「風」，也就是動作「吹く」的主語。

5

房間裡有電視機。

┌房間┐　　┌電視┐　　　┌有┐
部屋に　テレビが　あります。
へ　や

★「が」表「テレビ」是主語，並強調「在房間裡有的」是「テレビ」。

grammar 002
Track 002

疑問詞＋が

接續方法 ▶ {疑問詞}＋が

【疑問詞主語】當問句使用「どれ、いつ、どの人、だれ」等疑問詞作為主語時，主語後面會接「が」。回答時，句子裡的主語也要用「が」。

疑問詞（主語）說明……疑問詞主語
↓　　　　　　↓

例1 この　絵は　誰が　描きましたか。

這幅畫是誰畫的？

看到「が」前面接的主語，用的是疑問詞「誰」，原來是不知道是誰畫的囉！

哇！這構圖跟顏色！真是太創新了！畫得真好，是誰畫的呢？

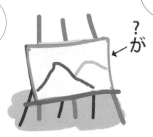

？が

☞ 文法應用例句 ••••••••••••••••••••••••••••••••

2 請問哪一位是吉川先生呢？

「人」　　　「先生」
どの　人が　吉川さんですか。
　　ひと　　よしかわ

★用「が」表「どの人」是問句的主語，並強調「どの人」是問題的關鍵點。

3 哪裡痛呢？

「哪裡」　「疼痛的」
どこが　痛いですか。
　　　　いた

★用「が」表「どこ」是問句的主語，並強調「痛的」是「どこ」。

4 哪一個比較受歡迎呢？

「哪一個」　「受歡迎」
どれが　人気が　ありますか。
　　　　にんき

★用「が」表「どれ」是問句的主語，並強調「有人氣的」是「どれ」。

5 想吃什麼呢？

「什麼」　「食用」
何が　食べたいですか。
なに　　た

★用「が」表「何」是問句的主語，並強調「想吃的」是「何」。

が

但是…

接續方法▶ {名詞です（だ）；形容動詞詞幹だ；形容詞‧動詞丁寧形（普通形）}＋が

【逆接】表示連接兩個對立的事物，前句跟後句內容是相對立、相反的。

連接兩個對立的事物

前句 　　　　　　　　後句……逆接

例1 母は 背が 高いですが、 父は 低いです。
　　　はは　せ　　たか　　　　　　ちち　　ひく

媽媽身高很高，但是爸爸很矮。

媽媽以前是名模，身材高挑，比爸爸還高呢！

這裡的「が」表示逆接，可以連接兩個內容相反的事物喔！

が

☞ 文法應用例句 ••••••••••••••••••••••••••••••••••

2 那家餐廳雖然餐點美味，但是價格昂貴。

　　┌─餐廳─┐　　┌可口的┐　　　┌昂貴的┐
あの　レストランは、おいしいですが　高いです。
　　　　　　　　　　　　　　　　　　たか

★「おいしい」和「高い」是對立的兩個特徵，逆接「が」表這種轉折關係。

3 日語雖然很難學，但是很有趣。

┌日語┐　　┌困難的┐　　　　┌有趣的┐
日本語は　難しいですが、面白いです。
にほんご　むずか　　　　おもしろ

★「難しい」和「面白い」是對立的兩個特徵，逆接「が」表這種轉折關係。

4 作文雖然寫完了，但是還沒交出去。

┌作文┐　┌──寫了──┐　　　　┌交出┐
作文は　書きましたが、まだ　出して　いません。
さくぶん　か　　　　　　　　　だ

★「書きました」和「まだ出していません」是對立的兩個動作，逆接「が」表這種轉折關係。

5 我吃雞肉，但不吃牛肉。

┌雞肉┐　　　　　　┌牛肉┐
鶏肉は　食べますが、牛肉は　食べません。
とりにく　た　　　　ぎゅうにく　た

★「鶏肉は食べます」和「牛肉は食べません」是相反的兩個動作，逆接「が」表這種轉折關係。

grammar 004 が

Track 004

類義表現

けど（前置詞）
作為開場白使用

接續方法 ▶ {句子} ＋が

【前置詞】在向對方詢問、請求、命令之前，作為一種開場白使用。「が」在日語中有緩衝、轉折的作用，加上去會讓表達更加圓潤、客氣和禮貌。它通常用於提出問題或要求、詢問意見等場合，表示問話人的委婉和禮貌。

前置詞……開場白
↓

例1 **失礼ですが、鈴木さんでしょうか。**
しつれい　　　　　すず き

不好意思，請問是鈴木先生嗎？

が

部長説今天早上會有一位男士來訪，應該是那位先生吧！趕快上前招呼一下。

想請教人家就要先致意一下，這裡用「が」表示開場白（提醒）。後句「鈴木さんでしょうか」敍述的是主要的內容。

☞ **文法應用例句** ••••••••••••••••••••••••••••••••••••

2

喂，我是山本，請問水下先生在嗎？

┌喂┐　　　　　　　　　　　　　　┌在┐
もしもし、山本ですが、水下さんは　いますか。
　　　　　やまもと　　　みずした

★向對方詢問某事時，用緩衝語「が」，表示委婉和禮貌。

3

關於明天的派對，是從 1 點開始舉行，對吧？

┌明天┐　　┌派對┐　　　　　　┌開始┐
明日の　パーティーですが、1時からですよね。
あした　　　　　　　　　　いちじ

★向對方提出問題時，用緩衝語「が」，讓表達更加圓潤。

4

關於上次那件事，也告訴小島先生了嗎？

　　　　┌事情┐　　　　　　　　　┌說了┐
この　前の　話ですが、小島さんにも　言いましたか。
　　　まえ　はなし　　こじま　　　　　　い

★向對方詢問某事時，用緩衝語「が」，讓表達更委婉。

5

不好意思，請稍微安靜一點。

┌不好意思┐　　┌稍微┐┌安靜的┐
すみませんが、少し　静かに　して　ください。
　　　　　　　　すこ　しず

★請求對方做某事時，用緩衝語「が」表示客氣和禮貌。

〔目的語〕＋を

類義表現

對象（人）＋に
表示動作、作用的對象（人）

接續方法▶ {名詞}＋を

【目的】「を」用在他動詞（人為而施加變化的動詞）的前面，表示動作的目的或對象。「を」前面的名詞，是動作所涉及的對象。

對象（事物）　行為……行為的對象
　　↓　　　　　↓

例1 顔を　洗います。
　　かお　あら
洗臉。

「を」前面的「顔」(臉)，是後接動詞「洗います」的對象。也就是洗的是臉啦！

洗臉要用流動的水，才能洗乾淨。洗臉的目的是為了清潔，是人為而施加變化的，所以用他動詞「洗います」(洗滌)。

を

☞ 文法應用例句 ••••••••••••••••••••••••••••••••

2　吃麵包。

「麵包」　「食用」
パンを　食べます。
　　　　た

★「を」前面的「パン」，是他動詞「食べます」的動作對象。

3　洗衣服。

「洗衣」　「做，辦」
洗濯を　します。
せんたく

★「を」前面的「洗濯」，是他動詞「します」的動作對象。

4　寫日文書信。

　　　　　「信」　　「書寫」
日本語の　手紙を　書きます。
にほんご　てがみ　か

★「を」前面的「手紙」，是他動詞「書きます」的動作對象。

5　看了30分鐘的電視。

「電視」　　「分鐘」　「看了」
テレビを　３０分　見ました。
　　　　　さんじゅっぷん　み

★「を」前面的「テレビ」，是他動詞「見ました」的動作對象。

〔通過・移動〕＋を＋自動詞

接續方法 ▶ {名詞}＋を＋{自動詞}

1【移動】接表示移動的自動詞，像是「歩く（走）、飛ぶ（飛）、走る（跑）」等，如例（1）～（3）。

2【通過】用助詞「を」表示經過或移動的場所，而且「を」後面常接表示通過場所的自動詞，像是「渡る（越過）、通る（經過）、曲がる（轉彎）」等，如例（4）、（5）。

通過、移動場所　　　行為（自動詞）……經過或移動的場所
　　　　↓　　　　　　　　↓

例1 学生が　道を　歩いて　います。
がくせい　みち　ある

學生在路上走著。

這附近名校雲集，許多大學生都曾經過這條路上學喔！

學生經過的地方是道路用「を」表示，後接的「歩きます」是具有移動性質的自動詞喔！

👉 文法應用例句 ••••••••••••••••••••••••

2 飛機在空中飛。

┌飛機┐　　┌天空┐　┌飛行┐
飛行機が　空を　飛んで　います。
ひこうき　そら　と

★「を」標記了自動詞「飛んでいます」移動的地方是「空」。

3 每星期3次，在我家附近跑5公里左右。

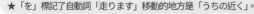

┌星期┐　　　　　┌附近┐　　┌公里┐　　　┌跑步┐
週に　3回、うちの　近くを　5キロぐらい　走ります。
しゅう　さんかい　　ちか　　ご　　　　　　はし

★「を」標記了自動詞「走ります」移動的地方是「うちの近く」。

4 開車過橋。

┌汽車┐　┌橋梁┐　┌通過┐
車で　橋を　渡ります。
くるま　はし　わた

★「を」標記了自動詞「渡ります」通過的地方是「橋」。

5 請問這輛巴士會經過電影院門口嗎？

　　　┌公車┐　┌電影院┐　　　┌經過┐
この　バスは　映画館の　前を　通りますか。
　　　　　　えいがかん　まえ　とお

★「を」標記了自動詞「通ります」通過的地方是「映画館の前」。

〔離開點〕＋を

由、從、離開

類義表現
場所＋から
從…

接續方法 ▶ ｛名詞｝＋を

【起點】動作離開的場所用「を」。表示動作的出發點、分離點。後面接帶有離開、出發、離去意思的動詞。例如，從家裡出來，學校畢業或從車、船及飛機等交通工具下來。

　　　　　離開點　　　行為……動作離開的場所
　　　　　　　↓　　　　　↓

例1 7時に 家を 出ます。
しち じ　いえ　　で
7點出門。

> 糟了！今天第一天上課快遲到了！7點了得快出門了！

> 「を」前面接的是離開的地點「家」。いえ 這時候，後面要接具有離去性質的自動詞，「出ます」就是啦！で

☞ **文法應用例句** ·····························

2 從學校畢業。
┌學校┐　┌──畢業──┐
学校を 卒業します。
がっこう　そつぎょう

★「を」表示具離去性質「卒業します」，這個動作的離開點是「学校」。

3 在這裡下公車。
　　　┌公車┐　┌─下（車）─┐
ここで バスを 降ります。
　　　　　　　　お

★「を」表示具離去性質「降ります」，這個動作的離開點是「バス」。

4 請離開房間。
┌房間┐　┌出來┐
部屋を 出て ください。
へや　　で

★「を」表示具離去性質「出る」，這個動作的離開點是「部屋」。

5 從椅子上站起來。
┌座位┐　┌──站起來──┐
席を 立ちます。
せき　た

★「を」表示具離去性質「立ちます」，這個動作的分離點是「席」！

〔場所〕＋に

1. 在…、有…；2. 在…嗎、有…嗎；3. 有…

接續方法▶ {名詞}＋に

1【場所】「に」表示存在的場所。表示存在的動詞有「います、あります」（有、在），「います」用在自己可以動的有生命物體的人，或動物的名詞，如例（1）、（2）。

2〔いますか〕「います＋か」表示疑問，是「有…嗎？」、「在…嗎？」的意思，如例（3）。

3〔無生命－あります〕自己無法動的無生命物體名詞用「あります」，如例（4）、（5）。

```
      場所      有生命物     行為……某人或物存在的場所
       ↓          ↓            ↓
```

例1 木の 下に 妹が います。
　　き　した　いもうと

妹妹在樹下。

用「が」表示存在的物體，因為是有生命的「妹」，所以用「います」。

小妹又跑到公園櫻下玩了！「に」前面接場所「木の下」（樹下），表示妹妹存在的地方。

☞ **文法應用例句** ••••••••••••••••••••••••••••••••••••••

2　我有朋友住在神戶。

神戸に 友達が います。
こうべ　ともだち

★「に」表「神戸」是「友達」的所在地。「友達」有生命用「います」。

3　池子裡有魚嗎？

池の 中に 魚は いますか。
いけ　なか　さかな

★「に」表示魚在池子裡面，詢問有生命的「魚」要用「いますか」。

4　房間裡有電視機。

部屋に テレビが あります。
へや

★「に」表示電視在房間內，沒有生命的「テレビ」要用「あります」。

5　書架的右邊有椅子。

本棚の 右に 椅子が あります。
ほんだな　みぎ　いす

★「に」表示「椅子」在書架的右邊。沒有生命的「椅子」要用「あります」。

〔到達點〕＋に

到…、在…

接續方法▶ {名詞}＋に

【到達點】表示動作移動的到達點。

　　　　到達點　　　　行為……動作的到達點
　　　　↓　　　　　　　↓

例1 お風呂に 入ります。
　　　ふ　ろ　　はい

去洗澡。

> 「に」前面接場所「お風呂」
> （浴缸），那是「入ります」
> （進入）這個動作的到達點喔！

> 喔喔…真舒服！今天的工
> 作真累人，泡個澡來放鬆
> 紓壓一下！

☞ 文法應用例句 ●●●●●●●●●●●●●●●●●●●●●●●●●●

2

今天會抵達成田。

　　　┌今天┐　　┌─抵達─┐
今日　成田に　着きます。
きょう　なりた　　つ

★「に」表示「着きます」的動作到達點是「成田」。

3

我坐在椅子上。

　　　　┌椅子┐　┌─坐─┐
私は　椅子に　座ります。
わたし　いす　　すわ

★「に」表示「私」要坐在「椅子」上。

4

在這裡搭計程車。

　　　　　┌─計程車─┐　┌─搭乘─┐
ここで　タクシーに　乗ります。
　　　　　　　　　　　　の

★「に」表示要坐進「タクシー」裡。

5

把手舉起來。

┌手┐　┌上方┐　┌─舉起─┐
手を　上に　挙げます。
て　　うえ　　あ

★「に」表示「手」要向「上」舉起。

〔時間〕＋に

在…

接續方法 ▶ {時間詞}＋に

【時間】寒暑假、幾點、星期幾、幾月幾號做什麼事等。表示動作、作用的時間
就用「に」。

時間點　　　　　行為……動作、作用
　↓　　　　　　　　↓

例1 夏休みに　旅行します。
　　なつやす　　りょこう

暑假會去旅行。

時間是？看「に」表示動作進行的時間，
也就是「旅行します」這個動作，是
在「夏休み」（暑假）喔！

某天接到了一通電話，
哇！我們抽中了夏威夷
5日遊耶！

☞ 文法應用例句 ‥‥‥‥‥‥‥‥‥‥

2

將於星期五和朋友見面。

┌星期五┐　┌朋友┐　┌─見面─┐
金曜日に　友達と　会います。
きんよう び　ともだち　　あ

★「に」表示與朋友會
面的時間，是在「金曜
日」。

3

在7月時來到了日本。

┌7月┐　　　　　　┌─來到了─┐
7月に　日本へ　来ました。
しちがつ　に ほん　き

★「に」表示來到日
本的時間，是在「7
月」。

4

將於9號去橫濱。

┌9號┐　　　　┌─前往─┐
9日に　横浜へ　行きます。
ここの か　よこはま　い

★「に」表示去橫濱的
時間，是在「9日」。

5

今天之內會送過去。

┌─之內─┐　┌─寄送─┐
今日中に　送ります。
きょうじゅう　おく

★「に」表示送達時間，
是在「今日中」。

〔目的〕＋に

去…、到…

接續方法 ▶ {動詞ます形；する動詞詞幹}＋に

【目的】表示動作、作用的目的、目標。

目的 　　　　行為……動作的目的
　↓　　　　　　↓

例1 海へ　泳ぎに　行きます。
　　うみ　　およ　　　　い

去海邊游泳。

夏天到了，買了好多迷人、可愛的比基尼，準備跟朋友去海邊玩耍、游泳！

に

「に」表示，後接動作「行きます」（去）的移動目的是「泳ぎ」（游泳）喔！

☞ 文法應用例句 ••••••••••••••••••••••••••••••

2
去圖書館唸書。

┌圖書館┐　　┌唸書┐
図書館へ　勉強に　行きます。
としょかん　べんきょう　　い

★「に」表明了去「図書館」的目的是為了「勉強」。

3
將要去東北旅遊。

　　　　┌(旅)遊┐
東北へ　遊びに　行きます。
とうほく　あそ　　い

★「に」表明了去「東北」的目的是為了「遊び」。

4
現在要去旅行。

┌現在┐　┌旅行┐
今から　旅行に　行きます。
いま　　りょこう　　い

★「に」表明了去的目的是為了「旅行」。

5
這個星期六要去看電影。

┌這次┐　┌星期六┐　┌電影┐
今度の　土曜日、映画を　見に　行きます。
こんど　　どようび　えいが　　み　　い

★「に」表明了去的目的是為了「映画を見る」。

〔對象（人）〕＋に

給…、跟…

接續方法 ▶ {名詞}＋に

【對象－人】表示動作、作用的對象。

人（對象） 事物　　　　行為……動作的對象
　↓　　　　↓　　　　　↓

例1 弟に　メールを　出しました。

寄電子郵件給弟弟了。

> 「に」前面接「弟」，表示「メールを出しました」（發了電子郵件），這個動作的對象，也就是接電子郵件的是「弟」了！

> 拼著一口氣一個人到日本留學，為了省錢，都是發電子郵件給台灣的老弟，要他代為報平安的。

👉 文法應用例句 ●●●●●●●●●●●●●●●●●●●●●●●●●●●●●●●

2　把筆遞給了鎌田先生。

　　　　　┌筆┐　┌──遞給了──┐
鎌田さんに　ペンを　渡しました。
かまた　　　　　　　　わた

★「に」表明了筆「渡しました（給）」的對象是「鎌田さん」。

3　打電話給朋友。

　　　　┌電話┐　┌──撥打──┐
友達に　電話を　かけます。
ともだち　でんわ

★「に」表明了打電話的對象是「友達」。

4　送了花給女朋友。

┌女朋友┐┌花朵┐　┌──送給了──┐
彼女に　花を　あげました。
かのじょ　はな

★「に」表明了花給的對象是「彼女」。

5　在花店遇到了朋友。

┌花店┐　┌朋友┐
花屋で　友達に　会いました。
はなや　ともだち　あ

★「に」表明了遇到的對象是「友達」。

grammar 013

Track 013

〔對象（物・場所）〕＋に

…到、對…、在…、給…

類義表現

場所＋まで

到…（動作到達場所）

接續方法▶ {名詞}＋に

【對象－物・場所】「に」的前面接物品或場所，表示施加動作的對象，或是施加動作的場所、地點。

　　對象（物・場所）　　　行為……動作、作用
　　　　↓　　　　　　　　　↓

例1 家に　電話を　かけます。
　　いえ　　でんわ

　　打電話回家。

在異鄉工作，突然好想念爸媽的聲音，打個電話回家問問他們好不好吧！

に

「に」前面接「家」（家），表示「電話をかけます」（打電話）這一動作的對象（場所）。

☞ **文法應用例句** ••

2 給花澆水。

　┌水┐　　──澆灌──
花に　水を　やります。
はな　みず

★「に」表明了「水」是給「花」澆灌的。

3 在紙上點火燃燒。

┌紙張┐　┌火┐　──點燃──
紙に　　火を　　つけます。
かみ　　ひ

★「に」表示「火をつけます」的動作是針對「紙」。

4 在筆記本上寫平假名。

┌筆記本┐　　┌平假名┐　　──書寫──
ノートに　　平仮名を　　書きます。
　　　　　　ひらがな　　か

★「に」表示「平仮名を書きます」的動作是在「ノート」上進行的。

5 把畫裝飾在牆上。

┌牆壁┐　　　──裝飾──
壁に　　絵を　　飾ります。
かべ　　え　　　かざ

★「に」表示「絵を飾ります」的動作是在「壁」上進行的。

〔時間〕＋に＋〔次數〕

…之中、…內

接續方法▶ {時間詞}＋に＋{數量詞}

【範圍內次數】 表示某一範圍內的數量或次數，「に」前接某時間範圍，後面則為數量或次數。

時間範圍　　數量、次數　　　　　　行為……某範圍內的次數

例1 一日に　２時間ぐらい、勉強します。
　　　いちにち　　に　じかん　　べんきょう

一天大約唸兩小時書。

課前預習和課後複習都很重要的喔！如果考試前才臨時抱佛腳，就沒辦法保持前３名啦！

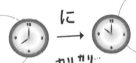

カリカリ…

「に」前接時間詞，表示某一時間範圍內，後接數量詞表示進行動作的次數或時間。原來是一天之中，唸２小時書了。

👉 文法應用例句 ••••••••••••••••••••••••••••••••

2　這種藥請一天吃３次。

　　　┌藥品┐　　　　　┌次┐　┌服用┐
この　薬は、　１日に　３回　飲んで　ください。
　　　くすり　　いちにち　さんかい　の

★「に」表明了「飲んでください」是「1日」進行「3回」。

3　公司是週休２日。

　┌公司┐　┌星期┐　　　　┌休假┐
会社は　　週に　　２日　　休みです。
かいしゃ　しゅう　ふつか　やす

★「に」表示「休み」是每「週」進行兩次。

4　每個月踢兩次足球。

┌每月┐　　　　　┌──足球──┐
月に　　２回、　サッカーを　します。
つき　にかい

★「に」表示「サッカーをします」的動作是每「月」進行兩次。

5　半年回國１次。

┌半年┐　　┌國家┐　┌──回去──┐
半年に　一度、　国に　帰ります。
はんとし　いちど　くに　かえ

★「に」表示「国に帰ります」的動作是每「半年」進行一次。

日文小秘方

數字1到20的唸法

1 ～ 10			11 ～ 20	
1	いち	ひとつ	11	じゅういち
2	に	ふたつ	12	じゅうに
3	さん	みっつ	13	じゅうさん
4	し／よん／よ	よっつ	14	じゅうし／じゅうよん
5	ご	いつつ	15	じゅうご
6	ろく	むっつ	16	じゅうろく
7	しち／なな	ななつ	17	じゅうしち／じゅうなな
8	はち	やっつ	18	じゅうはち
9	きゅう／く	ここのつ	19	じゅうきゅう／じゅうく
10	じゅう	とお	20	にじゅう

※ 1 ～ 10 有兩種以上的唸法，而 11 以上的唸法則會因使用的場合、習慣等而有所不同。

※「0」唸「ゼロ」或「れい」。

數字10到9000的唸法

10 ～ 90		100 ～ 900		1000 ～ 9000	
10	じゅう	100	ひゃく	1000	せん
20	にじゅう	200	にひゃく	2000	にせん
30	さんじゅう	300	さんびゃく	3000	さんぜん
40	よんじゅう	400	よんひゃく	4000	よんせん
50	ごじゅう	500	ごひゃく	5000	ごせん
60	ろくじゅう	600	ろっぴゃく	6000	ろくせん
70	ななじゅう	700	ななひゃく	7000	ななせん
80	はちじゅう	800	はっぴゃく	8000	はっせん
90	きゅうじゅう	900	きゅうひゃく	9000	きゅうせん

數字一萬到一億的唸法

	一万	十万	百万	千万	一億
唸法	いちまん	じゅうまん	ひゃくまん	せんまん	いちおく

grammar 015

Track 015

〔場所〕＋で

在…

接續方法 ▸ {名詞}＋で

【場所】動作進行或發生的場所，是有意識地在某處做某事。「で」的前項為後項動作進行的場所。不同於「を」表示動作所經過的場所，「で」表示所有的動作都在那一場所進行。

場所　　　　對象　　　　　行為……場所
↓　　　　　↓　　　　　　　↓

例1 家で　テレビを　見ます。
　　　うち　　　　　　　　み

在家看電視。

> 「で」前接「家」，表示「テ
> レビを見ます」（看電視）
> 這個動作是在「家」進行的。

> 哇！！在日本每天可以在家
> 看到更多不同的日劇耶！剛
> 到日本時好興奮喔！

で
↓

☞ 文法應用例句 ‧‧‧‧‧‧‧‧‧‧‧‧‧‧‧‧‧‧‧‧‧‧‧‧‧‧‧‧‧‧‧‧

2

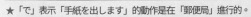
在玄關脫了鞋子。

┌玄關┐　┌鞋子┐　┌──脫掉了──┐
玄関で　靴を　脱ぎました。
げんかん　くつ　ぬ

★「で」表明了「靴を脱ぎました」是在「玄關」這個地點上。

3

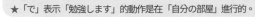
在郵局寄信。

┌郵局┐　　┌信┐　　┌(寄)出┐
郵便局で　手紙を　出します。
ゆうびんきょく　てがみ　だ

★「で」表示「手紙を出します」的動作是在「郵便局」進行的。

4

在自己的房間裡用功研習。

┌自己┐　　　　┌──用功學習──┐
自分の　部屋で　勉強します。
じぶん　へや　べんきょう

★「で」表示「勉強します」的動作是在「自分の部屋」進行的。

5

在床上睡覺。

┌床鋪┐　　┌睡覺┐
ベッドで　寝ます。
　　　　　ね

★「で」表示「寝ます」的動作是在「ベッド」上進行的。

〔方法・手段〕＋で

1. 用…；2. 乘坐…

類義表現
動詞＋て
表示行為的方法或手段

接續方法▶ {名詞}＋で

1【手段】 表示動作的方法、手段，也就是利用某種工具去做某事，如例（1）～（3）。

2【交通工具】 是使用的交通工具，如例（4）、（5）。

道具等 → 行為……使用的道具、手段 →

例1 鉛筆で 絵を 描きます。
えんぴつ　　え　　　か
用鉛筆畫畫。

> 「絵を描きます」（畫圖）這個動作用的道具是什麼呢？看「で」前面，原來是「鉛筆」。
> えか　えんぴつ

> 我弟弟從小就喜歡畫圖，動物素描可是他最擅長的喔！

☞ 文法應用例句 ••••••••••••••••••••••••••••••

2 用筷子吃飯。

┌筷子┐　┌餐點┐
箸で　ご飯を　食べます。
はし　　はん　　　た

★「で」表明了「ご飯を食べます」是通過「箸」這一工具進行的。

3 我是從報上得知了那件事的。

　　　┌事件┐　┌報紙┐　┌─知道了─┐
その　ことは　新聞で　知りました。
　　　　　　　しんぶん　し

★「で」表示「知りました」的動作是通過「新聞」這一途徑得知的。

4 每天都騎自行車上學。

┌每天┐　┌腳踏車┐　　┌學校┐
毎日、自転車で　学校へ　行きます。
まいにち　じてんしゃ　がっこう　い

★「で」表示「学校へ行きます」的動作是通過「自転車」這一手段進行的。

5 搭新幹線去京都。

┌新幹線┐
新幹線で　京都へ　行きます。
しんかんせん　きょうと　い

★「で」表示「京都へ行きます」的動作是通過「新幹線」這一手段進行的。

grammar 017

Track 017

〔材料〕＋で

1. 用…；2. 用什麼

接續方法 ▶ {名詞}＋で

1【材料】製作什麼東西時，使用的材料。如例（1）～（4）。

2〔詢問－何で〕詢問製作的材料時，前接疑問詞「何<ruby>何<rt>なに</rt></ruby>＋で」。如例（5）。

材料　　　成品　　　　行為……使用的材料
↓　　　　↓　　　　　　↓

例1 トマトで　サラダを　作<ruby>作<rt>つく</rt></ruby>ります。

用蕃茄做沙拉。

這沙拉看起來好好吃的樣子，這是什麼食材做的呢？

看「で」前面，原來是「トマト」（蕃茄）呢！

で

👉 文法應用例句 ••••••••••••••••••••••••••

2 用木頭做了椅子。

┌木頭┐　　　　┌─製作了─┐
木で　椅子を　作りました。
<ruby>き<rt></rt></ruby>　<ruby>い す<rt></rt></ruby>　　<ruby>つく<rt></rt></ruby>

★「で」表明了「椅子を作りました」是用前接的「木」製作的。

3 用沙子堆一座城堡。

┌沙子┐　┌城堡┐
砂で　お城を　作ります。
<ruby>すな<rt></rt></ruby>　<ruby>しろ<rt></rt></ruby>　<ruby>つく<rt></rt></ruby>

★「で」表明了「お城を作ります」是用前接的「砂」做成的。

4 日本酒是以米釀製而成的。

　　　　┌酒┐　┌米┐
日本の　お酒は　お米で　作ります。
<ruby>に ほん<rt></rt></ruby>　<ruby>さけ<rt></rt></ruby>　<ruby>こめ<rt></rt></ruby>　<ruby>つく<rt></rt></ruby>

★用什麼做了日本酒呢？看「で」前面，原來是「お米」。

5 這酒是用什麼做的？

┌這個┐　　┌什麼┐
この　お酒は　何で　作った　お酒ですか。
　　　<ruby>さけ<rt></rt></ruby>　<ruby>なに<rt></rt></ruby>　<ruby>つく<rt></rt></ruby>　<ruby>さけ<rt></rt></ruby>

★詢問製作酒的食材時，用「何＋で」！

〔狀態・情況〕＋で

在…、以…

接續方法▶ {名詞}＋で

【狀態】表示動作主體在某種狀態、情況下做後項的事情，如例（1）、（2）。也表示動作、行為主體在多少數量的狀態下，如例（3）～（5）。

狀態　　　　　　　行為……表狀態
↓　　　　　　　　↓
例1 笑顔で　写真を　撮ります。
えがお　　しゃしん　と

展開笑容拍照。

「で」前接狀態，表示「写真を撮ります」（拍照）的這一動作，是在展開「笑顔」（笑容）的狀態下進行的。

攝影師說：來，1、2、3，西瓜甜不甜？

で

☞ 文法應用例句 ‥‥‥‥‥‥‥‥‥

2 穿著裙子騎自行車。

┌裙子┐　　┌腳踏車┐　┌騎乘┐
スカートで　自転車に　乗ります。
　　　　　じてんしゃ　　の

★「で」表明了「自転車に乗ります」是穿著「スカート」狀態下進行的。

3 一個人去旅行。

┌一個人┐　┌───旅行───┐
一人で　旅行します。
ひとり　りょこう

★「で」表明了「旅行します」是在「一人」的狀態下進行的。

4 大家要一起去哪裡呢？

┌大家┐　　　┌哪裡┐
みんなで　どこへ　行くのですか。
　　　　　　　　　い

★用什麼狀態去呢？「で」表明了是在「みんな」的狀態下進行的。

5 在17歲時進入大學就讀。

┌歲┐　　┌大學┐　　┌進入┐
１７歳で　大学に　入ります。
じゅうななさい　だいがく　はい

★「で」表明了「大学に入ります」是在「17歲」的狀態下進行的。

〔理由〕＋で

因為…

接續方法▶ {名詞}＋で

【理由】「で」的前項為後項結果的原因、理由，是一種造成某結果的客觀、直接原因。

原因　　　　　結果……理由
　↓　　　　　　　↓

例1 風で　窓が　開きました。
かぜ　　まど　　あ

窗戶被風吹開了。

為什麼「窓が開きました」
（窗戶開了）？這一狀態的
原因，看「で」前面，原
來是被「風」吹開了。

咦！窗戶怎麼開了？

☞ 文法應用例句 ●●●●●●●●●●●●●●●●●●●●●●●●●●●●●●

2 大雪導致電車誤點了。

「雪」 「電車」 —— 誤點了 ——
雪で　電車が　遅れました。
ゆき　でんしゃ　おく

★「で」表明了「電車が遅れました」是因為「雪」的原因。

3 電梯由於地震而停下來了。

「地震」 ——電梯—— ——停下了——
地震で　エレベーターが　止まりました。
じしん　　　　　　　　　と

★「で」表明了電梯停下來，原因是「地震」。

4 工作把我累壞了。

「工作」 ——疲倦了——
仕事で　疲れました。
しごと　つか

★「で」表明了「疲れ
ました」是由於「仕事」
的原因。

5 由於感冒而頭痛。

「感冒」 「頭部」 「疼痛的」
風邪で　頭が　痛いです。
かぜ　　あたま　いた

★「で」表明了「頭が痛いです」原因是「風邪」。

〔數量〕＋で＋〔數量〕

共…

接續方法▶{數量詞}＋で＋{數量詞}

【數量總和】「で」的前後可接數量、金額、時間單位等表示數量的合計、總計或總和。

數量　　　　　數量（總和）……數量的總和

例1 たまごは　**6個で**　**300円**です。
　　　　　　　ろっこ　　さんびゃく えん

雞蛋6個300圓。

日本東西貴，有時候買稍微貴一點的，就好像賭命一樣。今天到超市，想買6個蛋，看看多少錢？

「で」前面是雞蛋的數量「6個」，後面是數量的總和，也就是6個總共是「300円」啦！

で

☞ 文法應用例句 ‧‧‧‧‧‧‧‧‧‧‧‧‧‧‧‧‧‧‧‧‧‧‧‧‧‧‧

2 兩個人吃了13個。

「兩人」　「個」
二人で　**13個**食べました。
ふたり　じゅうさんこ　た

★「で」表明了「13個食べました」是用「二人」的方式完成的。

3 3條總共100圓。

「條」　「圓」
3本で　**100円**です。
さんぼん　ひゃくえん

★「で」前面是個數「3本」，後面是金額的總和「100円」。

4 1個小時收您7000圓。

「小時」
1時間で　**7,000円**です。
いちじかん　ななせんえん

★「で」前面是時間「1時間」，後面是金額的總和「7000円」。

5 1天研讀了7頁。

「天」　┌─頁─┐
1日で　**7ページ**　勉強しました。
いちにち　なな　べんきょう

★「で」前面是時間「1日」，後面是頁數的總和「7ページ」。

〔場所・方向〕へ（に）

往…、去…

接續方法 ▶ {名詞}＋へ（に）

1 【方向】前接跟地方有關的名詞，表示動作、行為的方向，也指行為的目的地，如例（1）～（3）。

2 〔可跟に互換〕可跟「に」互換，如例（4）、（5）。

目的地　　　行為……動作行為的方向
↓　　　　　↓

例1 電車で　学校へ　来ました。
でんしゃ　がっこう　き

搭電車來學校。

「来ました」（來）這個動作的目的地或方向在哪裡呢？看「へ」前面，原來是到「學校」。

每天都跟帥哥山田學長，一起搭電車上下課。

☞ 文法應用例句 ·····················

2

下個月回國。

「下個月」「國家」
来月　国へ　帰ります。
らいげつ　くに　かえ

★「へ」表明了「帰ります」的目的地是「国」。

3

和朋友去餐廳。

――餐廳――
友達と　レストランへ　行きます。
ともだち　　　　　　い

★「へ」表明了「行きます」的目的地是「レストラン」。

4

我排在朋友的旁邊。

「旁邊」　――排列――
友達の　隣に　並びます。
ともだち　となり　なら

★「へ」表明了「並びます」的位置是「友達の隣」。

5

要回家。

「家」　――回去――
家に　帰ります。
いえ　かえ

★「へ」表明了「帰ります」的目的地是「家」。

〔場所〕へ／(に)〔目的〕に

到…(做某事)

類義表現
ため (に)
以…為目的，做…、為了…

接續方法 ▶ {名詞}＋へ (に)＋{動詞ます形；する動詞詞幹}＋に

1 〖サ変→語幹〗遇到サ行變格動詞(如：散步します)，除了用動詞ます形，也常把「します」拿掉，只用語幹，如例(1)、(2)。

2 【目的】表示移動的場所用助詞「へ」(に)，表示移動的目的用助詞「に」。「に」的前面要用動詞ます形，如例(3)～(5)。

場所　　目的　　　行為……到某場所做某事
↓　　　↓　　　　↓

例1 公園へ　散歩に　行きます。
こうえん　さんぽ　い

去公園散步。

「行きます」(去)這個移動的場所用「へ」表示，原來是「公園」。至於目的呢？看「に」前面就知道是「散步」啦！

喔喔～那就是代代木公園耶！去散步一下。

☞ 文法應用例句 ·····································

2

下星期要去大阪旅行。

┌下星期┐　　┌旅行┐
来週　　大阪へ　旅行に　行きます。
らいしゅう　おおさか　りょこう　い

★「へ」表明了「大阪」是「行きます」的目的地。目的是「に」前的「旅行」。

3

去圖書館還書。

┌圖書館┐　┌書本┐　┌歸還┐
図書館へ　本を　返しに　行きます。
としょかん　ほん　かえ　い

★「へ」表明了「図書館」是「行きます」的目的地。目的是「に」前的「本を返す」。

4

特地來到了日本吃壽司。

┌壽司┐　　　┌來了┐
日本へ　すしを　食べに　来ました。
にほん　　た　き

★「へ」表明了「日本」是「来ました」的目的地。目的是「に」前的「すしを食べる」。

5

要去郵局買郵票。

┌郵票┐　┌購買┐
郵便局へ　切手を　買いに　行きます。
ゆうびんきょく　きって　か　い

★「へ」表明了「郵便局」是「行きます」的目的地。目的是「に」前的「切手を買う」。

名詞＋と＋名詞

…和…、…與…

接續方法▶ {名詞}＋と＋{名詞}

【名詞的並列】表示幾個事物的並列。想要敘述的主要東西，全部都明確地列舉出來。「と」大多與名詞相接。

名詞　　名詞　　　行為……幾個事物的並列
　↓　　　↓　　　　↓
例1 公園に　猫と　犬が　います。
こうえん　　ねこ　　いぬ

公園裡有貓有狗。

公園裡有什麼呢？

看表示幾個事物並列的「と」前後就很清楚啦！是有「猫」（貓）跟「犬」（狗）啦！

と

☞ 文法應用例句 ●●●●●●●●●●●●●●●●●●●●●●●●●

2 今天的早餐是吃麵包和紅茶。

┌早餐┐　　　　┌紅茶┐
今日の　朝ご飯は　パンと　紅茶でした。
きょう　あさ　はん　　　　こうちゃ

★「と」表明了「今日の朝ご飯」是「パン」和「紅茶」的內容。

3 平常是搭電車跟公車。

　　　┌電車┐　┌巴士┐　　┌搭乘┐
いつも　電車と　バスに　乗ります。
　　　でんしゃ　　　　　　の

★「と」表明了「經常乘坐」的交通工具是「電車」和「バス」。

4 喜歡吃蛋糕和巧克力。

┌蛋糕┐　　┌──巧克力──┐
ケーキと　チョコレートが　好きです。
　　　　　　　　　　　　　　す

★「と」表明了喜歡吃的東西是「ケーキ」和「チョコレート」。

5 京都和奈良距離很近。

　　　　　　　┌近的┐
京都と　奈良は　近いです。
きょうと　なら　　ちか

★「と」表明了「京都」和「奈良」兩地點之間距離接近。

名詞＋と＋おなじ

1. 和…一樣的、和…相同的；2. …和…相同

接續方法▶ {名詞}＋と＋おなじ

1【同樣】 表示後項和前項是同樣的人事物，如例（1）～（3）。

2〖ＮとＮは同じ〗 也可以用「名詞＋と＋名詞＋は＋同じ」的形式，如例（4）、（5）。

事物1　　　　　　事物2
↓　　　　　　　　↓

例1 これと　同じ　ラジカセを　持って　います。

我有和這台一樣的收音機。

去逛二手市集的時候，看到一台二手收音機，跟我家那台從小聽到大的收音機，一模一樣耶！

とおなじ

1500

「と同じ」（和…一樣的）前接「これ」和後接「ラジカセ」，知道這兩者是一樣的。

☞ **文法應用例句**

2

我的身高和媽媽差不多。

私の　背は　母と　同じ　くらいです。
わたし　せ　　はは　おな

★「と同じ」表示「私の背」和「母の背」是一樣高的。

3

紅隊的分數和白隊的分數一樣。

赤組の　点は　白組の　点と　同じです。
あかぐみ　てん　しろぐみ　てん　おな

★「と同じ」表示「赤組の点」和「白組の点」是相同的。

4

我和陽子同班。

私と　陽子さんは　同じ　クラスです。
わたし　ようこ　　　おな

★「と同じ」「私」和「陽子」共同擁有同一個班級的身分。

5

我和妻子畢業於同一所大學。

私と　妻は　同じ　大学を　出ました。
わたし　つま　おな　だいがく　で

★「と同じ」表示「私」和「妻」學歷相同，畢業於同一所大學。

〔對象〕と

1. 跟…一起；2. 跟…（一起）；3. 跟…

接續方法 ▶ {名詞}＋と

1 【對象】「と」前接一起去做某事的對象時，常跟「一緒に」一同使用，如例（1）。

2 〔可省略一緒に〕這個用法的「一緒に」也可省略，如例（2）、（3）。

3 〔對象＋と＋一人不能完成的動作〕「と」前接表示互相進行某動作的對象，後面要接一個人不能完成的動作，如結婚、吵架、或偶然在哪裡碰面等等，如例（4）、（5）。

對象
↓

行為……一起去做某事的對象
↓

例1 家族と　いっしょに　温泉へ　行きます。
　　　 かぞく　　　　　　　おんせん　　い

和家人一起去洗溫泉。

最近天氣冷颼颼的！這個週末一定要去泡溫泉的啦！跟誰一起去泡溫泉呢？

這裡的「と」前面接的是一起做同樣動作（洗溫泉）的對象，從這裡知道是跟「家族」（家人）囉！

☞ 文法應用例句 ••••••••••••••••••••••

2 和她一起吃了晚餐。

　　　　 ┌─晚餐─┐
彼女と　晩ご飯を　食べました。
かのじょ　ばん　はん　た

★「と」表示「彼女」是一起進行「晩ご飯を食べました」這個動作的對象。

3 星期天和媽媽出門了。

┌星期天┐　　　 ┌──出門了──┐
日曜日は　母と　出かけました。
にちよう び　はは　で

★「と」前接一起「出かけました」的人「母」。

4 請和我結婚。

　　　 ┌──結婚──┐
私と　結婚して　ください。
わたし　けっこん

★「と」將「私」與「結婚する」連繫起來，表結婚的對象是「我」。

5 星期六和陳小姐見面了。

┌星期六┐　　　　 ┌──見面了──┐
土曜日は　陳さんと　会いました。
ど よう び　チン　　あ

★「と」前接一起碰面的人是「陳さん」。

〔引用內容〕と

說…、寫著…

接續方法▶ {句子} ＋ と

【引用內容】用於直接引用。「と」接在某人説的話，或寫的事物後面，表示説了什麼、寫了什麼。

引用內容　　　　　　　　　　行為……引用
↓　　　　　　　　　　　　　↓

例1 子_こどもが 「遊_{あそ}びたい」と 言_いって います。

小孩説：「好想出去玩」。

放假天孩子們吵吵鬧鬧的，是在吵什麼呢？

原來是「遊_{あそ}びたい」（想去玩），這裡的「と」前面引用的內容。用括弧括起來表示直接引用小孩説的話喔！

と

☞ **文法應用例句** ....

2 電視的氣象預報說了「今日大致是晴朗的好天氣」。

┌電視┐　　　　　┌晴朗┐　　　　┌說┐
テレビで 「今日_{きょう}は 晴_はれるでしょう」と 言_いって いました。

★「と」表示「今日は晴れるでしょう」是「言っていました」的內容。

3 我聽她說「她不來」了。

┌她┐　　　　　　　　　┌聽說了┐
彼女_{かのじょ}から 「来_こない」と 聞_ききました。

★「と」將「来ない」作為「彼女」所說的話的引述內容。

4 山田先生說：「我跟太太一起去過了。」

　　　　　┌內人┐ ┌一起┐
山田_{やまだ}さんは 「家内_{かない}と 一緒_{いっしょ}に 行_いきました」と 言_いいました。

★「と」將「家内と一緒に行きました」作為「山田さん」所說的話的引述內容。

5 向父母寫了信拜託「請寄錢給我」。

┌雙親┐　┌信┐
両親_{りょうしん}に 手紙_{てがみ}で 「お金_{かね}を 送_{おく}って ください」と 頼_{たの}みました。

★「と」將「お金を送ってください」作為請求信中所寫的內容的引述。

grammar 027
Track 027

から〜まで、まで〜から

1. 從…到…；2. 到…從…；3. 從…到…；4. 到…從…

接續方法 ▶ {名詞}＋から＋{名詞}＋まで、{名詞}＋まで＋{名詞}＋から

1 【距離範圍】表示移動的範圍，「から」前面的名詞是起點，「まで」前面的名詞是終點，如例（1）、（2）。

2 〖まで〜から〗表示距離的範圍，也可用「まで〜から」，如例（3）。

3 【時間範圍】表示時間的範圍，也就是某動作發生在某期間，「から」前面的名詞是開始的時間，「まで」前面的名詞是結束的時間，如例（4）。

4 〖まで〜から〗表示時間的範圍，也可用「まで〜から」，如例（5）。

```
         場所           場所              行為……空間的起點和終點
          ↓            ↓                ↓
         えき          ゆうびんきょく        ある
例1  駅から     郵便局まで      歩きました。
```
從車站走到了郵局。

> 走在日本街道，總讓我有心花朵朵開的感覺。今天有信要寄出去，可以從車站走到郵局，邊走邊散步了。

> 走路這個動作的空間範圍，用「から」（從）跟「まで」（到）來表示，也就是從「車站」到「郵局」了。

☞ 文法應用例句 ••••••••••••••••••••••••••••••••••••

2 從東京到仙台，搭新幹線列車約需花費1萬圓。

┌新幹線┐   ┌萬┐
東京から 仙台まで、新幹線は 1万円くらい かかります。
とうきょう せんだい しんかんせん   いちまんえん

★「から〜まで」指明了新幹線的行駛範圍，是從「東京」到「仙台」之間。

3 從我家走到學校是30分鐘。

┌我家┐   ┌─走路─┐
学校まで、うちから 歩いて 30分です。
がっこう   ある さんじゅっぷん

★「から〜まで」指明了花費30分鐘走路的空間範圍，是從「うち」到「学校」之間。

4 每天從早忙到晚。

┌早上┐ ┌晚上┐ ┌忙碌的┐
毎日、朝から 晩まで 忙しいです。
まいにち あさ ばん いそが

★「から〜まで」指明了忙碌的時間段，是從「早上」，到「晚上」之間。

5 現在先睡一下，等吃晚飯的時候再起來。

┌晚飯┐   ┌稍微┐┌睡覺┐
夕ご飯の 時間まで、今から 少し 寝ます。
ゆう はん じかん   いま すこ ね

★「から〜まで」指明了稍微睡一會兒的時間段，是從「現在」，到「晚飯時間」之間。

〔起點（人）〕から

從…、由…

接續方法▶ {名詞}＋から

【起點】表示從某對象借東西、從某對象聽來的消息，或從某對象得到東西等。「から」前面就是這某對象。

對象　　　　某事物　　　　行為……從某對象得某物
↓　　　　　　↓　　　　　　↓

例1 山田さんから 時計を 借りました。
　　やまだ　　　　　とけい　　か

我向山田先生借了手錶。

> 明天要考試，不帶個錶不行，跟山田先生借一下。

> 這隻錶是跟誰借的呢？看「から」（從）前面，原來是山田先生。

👉 文法應用例句 ●●●●●●●●●●●●●●●●●●●●●●●●●●●●●●●●●●●●

2 由我打電話過去。

┌──打電話──┐
私から 電話します。
わたし　　でんわ

★「から」表示發起「電話します」這個動作的人，是說話人自己「私」。

3 昨天跟圖書館借了本書。

┌昨天┐　　　　　┌書本┐ ┌─借（入）了─┐
昨日 図書館から 本を 借りました。
きのう　としょかん　ほん　か

★「から」表示動作的來源，即「借書」進行的地點是「図書館」。

4 從小野先生那裡聽來了很有意思的事。

┌有意思的┐ ┌話題┐
小野さんから 面白い話を 聞きました。
おの　　　　　おもしろ はなし　き

★「から」表動作「聽故事」的來源是「小野」。從小野那裡聽來的。

5 向朋友買了車子。

┌汽車┐ ┌──購買了──┐
友達から 車を 買いました。
ともだち　くるま　か

★「から」表購買行為的來源是「友達」，從朋友那裡購買的。

から
因為…

接續方法▸ {形容詞・動詞普通形}＋から；{名詞；形容動詞詞幹}＋だから

【原因】表示原因、理由。一般用於說話人出於個人主觀理由，進行請求、命令、希望、主張及推測，是種較強烈的意志性表達。

原因　　　　　對象　　　　　行為……原因
　↓　　　　　　↓　　　　　　　↓

例1 忙しいから、新聞を　読みません。
因為很忙，所以不看報紙。

> 看表示原因的「から」，知道原來是太忙了。很忙是出自個人的主觀理由喔！

> 不得了了，今天發生大事了？你不知道啊？怎麼沒看報紙呢？

から

👉 文法應用例句 ••••••••••••••••••••••••••••••

2
今天是星期日，所以不必上學。

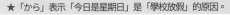
今日は　日曜日だから、学校は　休みです。
きょう　にちようび　　　　　がっこう　やす

★「から」表示「今日是星期日」是「學校放假」的原因。

3
因為已經很晚了，我要回家了。

もう　遅いから、家へ　帰ります。
　　　おそ　　　うち　かえ

★「から」表示「もう遅い」是「帰ります」的原因。

4
太難吃了，我再也不會來這家店了。

まずかったから、もう　この　店には　来ません。
　　　　　　　　　　　　　みせ　　き

★「から」表示「まずかった」是「この店には来ません」的原因。

5
因為正在下雨，所以今天不出門。

雨が　降って　いるから、今日は　出かけません。
あめ　ふ　　　　　　　　きょう　　で

★「から」表示「雨が降っている」是「出かけません」的原因。

030 ので

Track 030

因為…

接續方法▶ {形容詞・動詞普通形}＋ので；{名詞；形容動詞詞幹}＋なので

【原因】表示原因、理由。前句是原因，後句是因此而發生的事。「ので」一般用在客觀的自然的因果關係，所以也容易推測出結果。

原因 →　　　　　　　　　　　結果……原因 →

例1 寒いので、コートを　着ます。

因為很冷，所以穿大衣。

怎麼穿起大衣了。唉呦！東京的冬天真冷！

原來是「寒い」天氣冷。感到很冷，自然的因果關係喔！

ので ←

☞ **文法應用例句** ·····························

2

因為下雨，所以不想去。

「下雨」　　　　「前往」
雨なので、行きたく　ないです。
あめ　　　　　　　い

★「ので」表示因果關係，也就是「雨」是導致了「行きたくない」的原因。

3

因為這個很便宜，所以買3個。

　　　　「便宜的」　　　「3個」
これは　安いので　三つ　買います。
　　　　　やす　　　　　みっ　　　か

★「ので」表「これは安い」是導致「三つ買います」的原因。

4

我家的孩子討厭讀書，真讓人困擾。

　　　　「孩子」　　　　　　「討厭的」　　　　──困擾──
うちの　子は　勉強が　嫌いなので　困ります。
　　　　こ　　べんきょう　きら　　　　　　こま

★「ので」表「うちの子は勉強が嫌い」是導致「困ります」的原因。

5

因為有工作，所以7點要出門。

「工作」　　「有」　　　「點鐘」
仕事が　あるので、7時に　出かけます。
しごと　　　　　しちじ　　　で

★「ので」表「仕事がある」是導致「7時に出かけます」的原因。

や

…和…

接續方法 ▶ {名詞}＋や＋{名詞}

【列舉】表示在幾個事物中，列舉出 2、3 個來做為代表，其他的事物就被省略下來，沒有全部説完。

事物　　事物　　　　　　　　行為……列舉事物
↓　　　　↓　　　　　　　　　　　↓

例1 赤や　黄色の　花が　咲いて　います。
　　　 あか　き いろ　　はな　　　さ

開著或紅或黃的花。

> 遍地綻放著紅色跟黃色的花，還有…。説不完的就用「や」來舉出幾個就好了。

> 今天和兩個好友到北海道玩。夏天的北海道滿山滿野都是美麗的花朵！

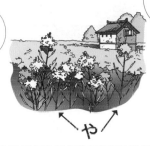

や

👉 文法應用例句 ••••••••••••••••••••••••••••••••••••••

2
買了蘋果和橘子。

┌蘋果┐　　┌橘子┐
りんごや　みかんを　買いました。
　　　　　　　　　　　 か

★「や」用來將「りんご」和「みかん」並列，表示兩種不同的東西都買了。還有其他。

3
房子和車子都很貴。

┌房子┐　　┌昂貴的┐
家や　車は　高いです。
いえ　くるま　たか

★用「や」列舉「家」和「車」都貴，也暗示其他事物也可能高價的情況。

4
書桌上有書和字典。

┌書桌┐┌上面┐　　　　┌字典┐
机の　上に　本や　辞書が　あります。
つくえ　うえ　ほん　じしょ

★用「や」並列「本」跟「辞書」，表示桌上有兩種不同的東西，還有其他沒提到的。

5
京都和奈良都是古老的城市。

　　　　　　　　┌古老的┐┌城鎮┐
京都や　奈良は　古い　町です。
きょうと　なら　ふる　まち

★用「や」並列「京都」跟「奈良」，表示都是古老的城市，還有其他沒提到的。

や～など

和…等

接續方法 ▶ {名詞}＋や＋{名詞}＋など

【列舉】這也是表示舉出幾項，但是沒有全部説完。這些沒有全部説完的部分用「など」（等等）來加以強調。「など」常跟「や」前後呼應使用。這裡雖然多加了「など」，但意思跟「や」基本上是一樣的。

事物　　　　事物　　　　　　行為……列舉事物
↓　　　　　↓　　　　　　　　↓

例1 机に ペンや ノートなどが あります。
　　書桌上有筆和筆記本等等。

考試快到了！好！準備好好啃書了。拿出跟山田借的筆記本、筆，還有…。

看「や」跟「など」前面的名詞，就知道桌上除了「ペン」、「ノート」之外，還有其他等等呢！

👉 文法應用例句 ・・・・・・・・・・・・・・・・・・・・・

2 附近有車站和花店等等。

近くに 駅や 花屋などが あります。
ちか　　えき　はな

★「や」將「駅、花屋」並列，表兩者都在附近。「など」表還有其他商家、設施。

3 在公園打網球和棒球等等。

公園で テニスや 野球などを します。
こうえん　　　　やきゅう

★「や～など」表示在公園進行的運動不僅是「テニス、野球」，還包括其他類似活動。

4 數學或物理之類的都很難。

数学や 物理などは 難しいです。
すうがく ぶつり　　　むずか

★「や」表「数学、物理」等學科都很難。「など」表還包括其他類似的學科。

5 假日通常會做打掃和洗衣服之類的家事。

休みの 日は 掃除や 洗濯などを します。
やす　　ひ　　そうじ　せんたく

★「や」列舉了「掃除、洗濯」休息日要做的家務事。「など」表還包括其他類似的事物。

grammar 033

名詞＋の＋名詞

…的…

Track 033

類義表現
名詞＋の （名詞修飾主語） 修飾名詞

接續方法 ▶ {名詞}＋の＋{名詞}

【所屬】用於修飾名詞，表示該名詞的所有者、內容說明、作成者、數量、材料、時間及位置等等。

名詞（擁有者） 名詞（所屬物）……事物的所有

例1 これは 私（わたし）の 本（ほん）です。

這是我的書。

看「の」前面，原來是屬於「私」（我）的，要記得説明的重點是後面的「本」喔！

這本小説劇情引人入勝，是偵探小説的後續佳作喔！是誰的呢？

の

👉 文法應用例句 ••••••••••••••••••••••••••••••

2

他是日文老師。

┌他┐　┌─日語─┐　┌老師┐
彼（かれ）は 日本語（にほんご）の 先生（せんせい）です。

★「の」表該名詞的科別，也就是「日本語」科的「先生」。

3

明天要搭8點18分的電車。

┌明天┐　　　　　　　┌電車┐　┌──搭乘──┐
明日（あした）は 8時18分（はちじじゅうはっぷん）の 電車（でんしゃ）に 乗（の）ります。

★「の」表該名詞的時間，也就是「電車」的時間是「8時18分」。

4

5月5日是兒童節。

　　　　　　　　　┌孩子┐　┌日子┐
5月5日（ごがついつか）は 子（こ）どもの 日（ひ）です。

★是誰的特殊節日？看「の」前面就知道是「子ども」。

5

家父在鄰鎮的銀行工作。

　　　┌爸爸┐　┌隔壁┐　　　　　　　　┌工作┐
私（わたし）の 父（ちち）は、隣（となり）の 町（まち）の 銀行（ぎんこう）に 勤（つと）めて います。

★「の」表該名詞的所在地，也就是「銀行」位在「隣の町」。

名詞＋の

…的

接續方法 ▶ {名詞}＋の

【省略名詞】準體助詞「の」後面可省略前面出現過，或無須説明大家都能理解的名詞，不需要再重複，或替代該名詞。

話題　擁有者　所屬物……以「の」替代所屬物
　↓　　　↓　　　　↓

例1　その　車は　私のです。
　　　くるま　　わたし

那輛車是我的。

好棒！外觀霸氣、性能優異，這不是今夏最受年輕人歡迎的車款嗎？是誰的啊？

後面用「私の」（我的），其中「の」代替前面出現過的「車」。
わたし　　　　　　　　くるま

の →

☞ **文法應用例句** ●●●

2

這本書是圖書館的。

　┌圖書館┐
この　本は　図書館のです。
　　　ほん　としょかん

★「の」表示「この本」是「図書館」的所有物。也代替前面的書。

3

那本雜誌是上個月的。

　┌雜誌┐　┌上個月┐
その　雑誌は　先月のです。
　　　ざっし　せんげつ

★「の」表示「先月」是「雑誌」發行的月份。也代替前面的雜誌。

4

我的傘是最左邊那支。

　┌傘┐　┌最…┐┌左邊┐
私の　傘は　一番　左のです。
わたし　かさ　いちばん　ひだり

★「の」表示「私の傘」位置在「一番左」。也代替前面的傘。

5

這支錶是誰的？

　┌鐘錶┐　┌誰┐
この　時計は　誰のですか。
　　　とけい　だれ

★「の」表示「この時計」是「誰」的所有物。也代替前面的鐘錶。

名詞＋の
…的…

接續方法 ▶ {名詞}＋の

【名詞修飾主語】在「私が　作った　歌」這種修飾名詞（「歌」）句節裡，可以用「の」代替「が」，成為「私の　作った　歌」。那是因為這種修飾名詞的句節中的「の」，跟「私の　歌」中的「の」有著類似的性質。

名詞　　　動詞　　　事物……名詞修飾主語
　↓　　　　　↓　　　　　↓

例1 あれは　兄の　描いた　絵です。
那是哥哥畫的畫。

這裡的「の」是代替「が」的。「兄の描いた絵」其實就是「兄の絵」，兩個「の」有著類似的性質。

這幅畫遠山近水，色澤淡雅，給人一種舒適嫻雅的自然山水之樂，是誰畫的呢？

👉 文法應用例句 ••••••••••••••••••••••••••••

2 這是姊姊做的料理。

┌姊姊┐　　　　┌料理┐
姉の　作った　料理です。
あね　　つく　　りょうり

★「姉の作った料理」中的「の」代替「が」。

3 這是朋友照的相片。

　　　　┌拍攝了┐　┌照片┐
友達の　撮った　写真です。
ともだち　と　　　しゃしん

★「友達の撮った写真」中的「の」代替「が」。

4 我的出生地是熊本縣。

　　┌出生了┐　┌地方┐
私の　生まれた　所は　熊本県です。
わたし　う　　　　ところ　くまもとけん

★「私の生まれた所」中的「の」代替「が」。

5 那是家父的母校。

　　　　┌畢業了┐　┌學校┐
あれは　父の　出た　学校です。
　　　　ちち　で　　がっこう

★「父の出た学校」中的「の」代替「が」。

は〜です

…是…

接續方法 ▸ {名詞}＋は＋{敘述的內容或判斷的對象之表達方式}＋です

1【提示】助詞「は」表示主題。所謂主題就是後面要敘述的對象，或判斷的對象，而這個敘述的內容或判斷的對象，只限於「は」所提示的範圍。用在句尾的「です」表示對主題的斷定或是說明，如例（1）〜（4）。

2〔省略私は〕為了避免過度強調自我，用這個句型自我介紹時，常將「私は」省略，如例（5）。

主題（對象）　斷定等……主題的說明或斷定
　　↓　　　　　　　↓

例1 花子は　きれいです。
はな　こ
花子很漂亮。

は

看「は」後面對主題的說明，花子是「きれい」（漂亮的）！句尾的「です」（是）對主題起斷定的作用喔！

你看過山田家的女兒嗎？她知性的氣質，纖塵不染的嫻靜，好像從古畫中走出的仙子！

☞ **文法應用例句** ••••••••••••••••••••••••••••••••

2
遠藤是學生。

┌學生┐
遠藤君は　学生です。
えんどうくん　がくせい

★「（主題）は（身分）です」表示主題「遠藤君」身分是「学生」。

3
這一位是內人小夜子。

┌這位┐　┌妻子┐
こちらは、妻の　小夜子です。
　　　　　つま　さよこ

★「こちらは」用來引出所要介紹的人，「妻の小夜子です」是對所介紹的人的說明。

4
冬天很冷。

┌冬天┐　┌寒冷的┐
冬は　寒いです。
ふゆ　さむ

★「（主題）は（說明）です〈禮貌〉」表示強調主題是「冬」，說明狀態是「寒い」。

5
我是山田。

┌我┐
（私は）　山田です。
わたし　　やまだ

★「（主題）は（姓名）です〈是〉」表示主題「私」姓名是「山田」。

grammar 037

Track 037

は〜ません

1. 不…；2. 不…

類義表現

動詞（現在否定）

否定人或事物的存在、
動作、行為和作用

接續方法 ▶ {名詞}＋は＋{否定的表達形式}

1 **【動詞的否定句】** 表示動詞的否定句，後面接否定「ません」，表示「は」前面的名詞或代名詞是動作、行為否定的主體，如例（1）、（2）。

2 **【名詞的否定句】** 表示名詞的否定句，用「は〜ではありません」的形式，表示「は」前面的主題，不屬於「ではありません」前面的名詞，如例（3）〜（5）。

主體　　　對象　　　　行為（否定）……否定動作或行為
↓　　　　↓　　　　　　↓

例1 太郎は　肉を　食べません。
　　　たろう　にく　　た

太郎不吃肉。

後面用動詞否定式「食べません」
（不吃），然後前面是吃的對象
「肉」，知道原來是『不吃肉』。

這句話主題是「太郎」，
太郎怎麼了？

は →

☞ 文法應用例句 •

2

她不穿裙子。

　　　┌─裙子─┐　　┌穿┐
彼女は　スカートを　はきません。
かのじょ

★「は」表主題是「彼女」，後面用「はきません」否定式表不穿裙子。

3

花子不是學生。

　　　┌學生┐
花子は　学生では　ありません。
はなこ　がくせい

★「は」表主題是「花子」，後面用「ではありません」否定式表花子不是學生。

4

我不是傻瓜。

┌我┐　┌傻瓜┐
僕は　ばかでは　ありません。
ぼく

★「は」表主題是「僕」，後面用「ではありません」否定式表我不是傻瓜。

5

我並不討厭園田小姐。

　　　　　　　┌討厭的┐
私は　園田さんを　嫌いでは　ありません。
わたし　そのだ　　　きら

★「は」表主題是「私」，後面用「ではありません」否定式表我不討厭園田小姐。

は〜が

類義表現

主題＋は〜です
表示主題就是後面要敘述的對象

接續方法▶ {名詞}＋は＋{名詞}＋が

【話題】表示以「は」前接的名詞為話題對象，對於這個名詞的一個部分或屬於它的物體（「が」前接的名詞）的性質、狀態加以描述。

名詞　　　名詞　　表示的狀態的對象
　↓　　　　↓　　　　　↓

例1 京都は、寺が 多いです。
きょうと　　てら　　おお

京都有很多寺院。

京都有些什麼呢？「が」前面是「寺」（寺院），原來是有很多寺院啊！

京都美極啦！颯颯秋風，烈烈紅葉，寂寂寺院，嫋嫋琴聲，值得一看喔！

が

☞ 文法應用例句 ‥‥‥‥‥‥‥‥‥‥‥‥‥‥‥‥‥‥‥‥‥‥

2 今天的月亮很大。

今日は、月が 大きいです。
きょう　　つき　　おお
「月亮」「大的」

★「は」表主題是「今天」，「が」表被說明對象是主語「月」。狀態是很大。

3 那城鎮空氣好嗎？

その 町は、空気が きれいですか。
　　まち　くうき
「城鎮」「空氣」「乾淨的」

★「は」表主題是「その町」，「が」表被說明對象是主語「空氣」。詢問空氣況態好不好。

4 東京交通便利。

東京は、交通が 便利です。
とうきょう　こうつう　べんり
「交通」「方便的」

★「は」表主題是「東京」，「が」表被說明對象是主語「交通」。狀況是交通「便利」。

5 田中的字寫得很漂亮。

田中さんは、字が 上手です。
たなか　　　　じ　じょうず
「字」「擅長的」

★「は」表主題是「田中さん」，「が」表被說明對象是主語「字」。狀態是字寫得「很漂亮」。

grammar 039

Track 039

は〜が、〜は〜

但是…

接續方法▶ {名詞}＋は＋{名詞です（だ）；形容詞・動詞丁寧形（普通形）}＋が、{名詞}＋は

1【對比】「は」除了提示主題以外，也可以用來區別、比較兩個對立的事物，也就是對照地提示兩種事物。

```
              對比
事物1                  事物2……比較兩個對立事物
  ↓                      ↓
```

例1 猫は　外で　遊びますが、犬は　遊びません。
ねこ　　そと　　あそ　　　　いぬ　　あそ

貓咪會在外頭玩，但是狗狗不會。

隔壁家養了一隻頑皮貓，跟一隻乖乖狗！

每次「猫」都到外面玩得很瘋，但是「犬」卻忠心耿耿地看家。後面跟前面內容是互相對立的喔！

は→　　が　　は

👉 文法應用例句 ••••••••••••••••••••••••••••••••

2 小兒已經是小學生，但是小女還在上幼稚園。

┌兒子┐　　　┌小學生┐　　　　┌女兒┐　　　　　┌幼稚園┐
息子は　小学生ですが、娘は　まだ　幼稚園です。
むすこ　　しょうがくせい　　むすめ　　　　ようちえん

★「は」表主題是兒子和女兒，「が」表對比關係，表「息子」和「娘」學校不同。

3 雖然會日文，但是不會英文。

┌日語┐　　　　　　　┌英語┐
日本語は　できますが、英語は　できません。
にほんご　　　　　　えいご

★「は」表主題是日語和英語，「が」表兩對比的內容，會說日語，但不會說英語。

4 我有哥哥，但是沒有姊姊。

┌哥哥┐　　　　　　┌姊姊┐
兄は　いますが、姉は　いません。
あに　　　　　　あね

★「は」表主題是哥哥和姊姊，「が」表兩對比的內容，有哥哥，但沒有姊姊。

5 雖然學會平假名了，但是還看不懂片假名。

┌平假名┐　　　┌學會了┐　　　┌片假名┐
平仮名は　覚えましたが、片仮名は　まだです。
ひらがな　　おぼ　　　　　かたかな

★「は」表主題是平假名和片假名，「が」表兩對比的內容，學會平假名，但還看不懂片假名。

も

1. 也…也…、都是…；2. 也、又；3. 也和…也和…

1 **【並列】**{名詞}＋も＋{名詞}＋も。表示同性質的東西並列或列舉，如例（1）、（2）。

2 **【累加】**{名詞}＋も。可用於再累加上同一類型的事物，如例（3）。

3 **【重覆】**{名詞}＋とも＋{名詞}＋とも。重覆、附加或累加同類時，可用「とも～とも」，如例（4）。

4 〔**格助詞＋も**〕{名詞}＋{格助詞}＋も。表示累加、重複時，「も」除了接在名詞後面，也有接在「名詞＋格助詞」之後的用法，如例（5）。

東西 1　東西 2……並列同性質的東西

例1　猫も　犬も　黒いです。
　　　ねこ　　いぬ　　くろ

貓跟狗都是黑色的。

用「も～も」（…和…都）來並列出同性質的東西，也就是「貓和狗都是黑色的」。

隔壁的頑皮貓跟乖乖狗，是什麼顏色呢？

↖も↗

☞ **文法應用例句** ••••••••••••••••••••••••••••••••••••

2 我既不吃肉，也不吃魚。

私は　肉も　魚も　食べません。
わたし　にく　さかな　た

★ 用「も」來並列出「肉、魚」這兩種食物都在被否定的範圍內。

3 村田先生是醫生。鈴木先生也是醫生。

村田さんは　医者です。鈴木さんも　医者です。
むら た　　　　いしゃ　　すず き　　　　いしゃ

★ 「も」累加上第二人「鈴木」，強調與第一人「鈴木」身分相似，都是醫生。

4 我既不想和沙織玩，也不想和明日香玩。

沙織ちゃんとも　明日香ちゃんとも　遊びたく　ありません。
さ おり　　　　あすか　　　　　　あそ

★ 「も」重覆將「沙織」和「明日香」累加起來，表這兩人都是我不想一起玩的對象。

5 下星期要去東京，也會去橫濱。

来週、　東京に　行きます。横浜にも　行きます。
らいしゅう　とうきょう　い　　　よこはま　　い

★ 「も」表並列關係，除了已經提到的東京，也會去橫濱。

も

竟、也

接續方法▶{數量詞}＋も

【強調】「も」前面接數量詞，表示數量比一般想像的還多，有強調多的作用。含有意外的語意。

數量（強調）　行為……強調
　↓　　　　　　↓
例1 ご飯を　3杯も　食べました。
　　はん　さんばい　た

飯吃了3碗之多。

> 平常只吃一碗飯，但昨天晚上沒有吃晚餐，所以特別餓！

> 但看「も」前面，竟然吃了「3杯」(3碗)，這裡的「も」強調飯量比一般想像還多。

← も

📖 文法應用例句 ••••••••••••••••••••••••••••••

2
睡了10個小時之多。

10時間も　寝ました。
じゅうじかん　　ね

★「も」表數量超過了預期，也就是「寝る」時間超長，竟睡了10個小時。

3
竟喝了10罐之多的啤酒。

┌啤酒┐　　　┌瓶┐　┌──暢飲了──┐
ビールを　10本も　飲みました。
　　　　　じゅっぽん　の

★「も」表數量超過了預期，也就是「飲む」數量超多，竟喝了10罐。

4
這件衣服索價高達8萬圓。

┌衣服┐　　　　　┌──要價──┐
この　服は　8万円も　します。
　　　ふく　はちまんえん

★「も」表價格超過了預期，前接數量詞表示要價甚至高達「8万円」。

5
擁有多達8000萬圓的錢。

┌金錢┐　┌萬┐
お金は　8,000万円も　あります。
かね　　はっせんまんえん

★「も」表擁有的錢超過預期，前接數量詞表示持有的錢甚至高達「8,000万円」。

日文小秘方

	1	2	3	4	5	6
數字唸法	いち	に	さん	し／よん	ご	ろく
〜番／ばん	いち番	に番	さん番	よん番	ご番	ろく番
〜個／こ	いっ個	に個	さん個	よん個	ご個	ろっ個
〜回／かい	いっ回	に回	さん回	よん回	ご回	ろっ回
〜枚／まい	いち枚	に枚	さん枚	よん枚	ご枚	ろく枚
〜台／だい	いち台	に台	さん台	よん台	ご台	ろく台
〜冊／さつ	いっ冊	に冊	さん冊	よん冊	ご冊	ろく冊
〜歳／さい	いっ歳	に歳	さん歳	よん歳	ご歳	ろく歳
〜本／ほん、ぼん、ぽん	いっぽん	にほん	さんぼん	よんほん	ごほん	ろっぽん
〜匹／ひき	いっぴき	にひき	さんびき	よんひき	ごひき	ろっぴき
〜分／ふん、ぷん	いっぷん	にふん	さんぷん	よんぷん	ごふん	ろっぷん
〜杯／はい、ばい、ぱい	いっぱい	にはい	さんばい	よんはい	ごはい	ろっぱい
人數數法	ひとり	ふたり	さんにん	よにん	ごにん	ろくにん

	7	8	9	10
數字唸法	しち／なな	はち	く／きゅう	じゅう
〜番／ばん	なな番	はち番	きゅう番	じゅう番
〜個／こ	なな個	はち個／はっ個	きゅう個	じゅっ個／じっ個
〜回／かい	なな回	はっ回	きゅう回	じゅっ回／じっ回
〜枚／まい	なな枚	はち枚	きゅう枚	じゅう枚
〜台／だい	なな台	はち台	きゅう台	じゅう台
〜冊／さつ	なな冊	はっ冊	きゅう冊	じゅっ冊／じっ冊
〜歳／さい	なな歳	はっ歳	きゅう歳	じゅっ歳／じっ歳
〜本／ほん、ぼん、ぽん	ななほん	はっぽん	きゅうほん	じゅっぽん／じっぽん
〜匹／ひき	ななひき／しちひき	はちひき／はっぴき	きゅうひき	じゅっぴき／じっぴき
〜分／ふん、ぷん	ななふん／しちふん	はっぷん	きゅうふん	じゅっぷん／じっぷん
〜杯／はい、ばい、ぱい	ななはい	はっぱい	きゅうはい	じゅっぱい／じっぱい
人數數法	ななにん／しちにん	はちにん	きゅうにん／くにん	じゅうにん

※ 請注意，20歲的唸法是「はたち」。

～番：…號（表示順序）

～個：…個（表示小物品之數量）

～回：…次（表示頻率）

～枚：…張（表示薄、扁平的東西之數量）

～台：…台（表示機器、車輛等之數量）

～冊：…本（表示書、筆記本、雜誌之數量）

～才：…歲（表示年齡）

～本：…瓶（表示尖而細長的東西之數量）

～匹：…隻（表示小動物、魚、昆蟲等之數量）

～分：…分（表示時間）

～杯：…杯（表示杯裝的飲料之數量）

疑問詞＋も＋否定（完全否定）、肯定（完全肯定）

1. 也（不）…；2. 無論…都…

接續方法▶ {疑問詞}＋も＋〜ません

1【全面否定】「も」上接疑問詞，下接否定語，表示全面的否定，如例（1）〜（3）。

2【全面肯定】若想表示全面肯定，則以「疑問詞＋も＋肯定」形式，為「無論…都…」之意，如例（4）、（5）。

疑問詞　　　　　動詞（否定）……完全否定
　　　↓　　　　　　　↓

例1 机の　上には　何も　ありません。
（つくえ）（うえ）（なに）

桌上什麼東西都沒有。

我正在找我的筆，幫我看一下，有沒有在我桌上？

看「も」前面加疑問詞「何」（什麼），後面又是否定「ありません」（沒有），就知道「桌子上面什麼都沒有」囉！

☞ **文法應用例句** ••••••••••••••••••••••••••••••••••••

2
「怎麼了嗎？」「沒怎樣。」

「どうか　しましたか。」「どうも　しません。」
　　　　└發生了┘

★「も」表示說話人對答案的強調，即「一點也沒有」，強調了沒有任何問題。

3
沒有人要參加派對。

パーティには　誰も　来ません。
　　　　　　　（だれ）（き）

★「誰＋も」結合否定動詞「来ません」，表示派對「沒有一個人來」。

4
這張圖和那幅畫，我兩件都喜歡。

この　絵と　あの　絵、どちらも　好きです。
　　　（え）　　　（え）　　　　　　（す）

★「も」強調「這張圖」和「那幅畫」都是說話人喜歡的對象。

5
正好遇上午餐時段，店裡擠滿了客人。

ちょうど　お昼ご飯の　時間なので、お店は　どこも　混んでいます。
　　　　　（ひる）（はん）（じかん）　　（みせ）　　　　　（こ）

★「どこも」中的「も」強調在用餐時段所有餐廳都很擁擠。

には、へは、とは

類義表現
にも、からも、でも
表示強調

接續方法 ▶ {名詞}＋には、へは、とは

【強調】格助詞「に、へ、と」後接「は」，有特別提出格助詞前面的名詞的作用。

名詞（←強調）　　　說明……強調
　　↓　　　　　　　　　↓

例1 この　川には　魚が　多いです。

這條河裡魚很多。

我發現了一條河，河裡有很多魚喔！

這句話為了強調，有很多魚的是「この川」（這條河），所以在表示場所的「に」後面多加了一個「は」。意含暫時不管別條河，起碼這條河的魚很多。

← には

👉 文法應用例句 ••••••••••••••••••••••••••••••••

2
我家只有女兒。

「我家」　「女兒」
うちには　娘しか　いません。
　　　　　むすめ

★「には」有強調限定的作用，是表示家裡只有女兒，沒有其他人。

3
那個孩子不會來公園。

　　　「孩子」　「公園」
あの　子は　公園へは　来ません。
　　　こ　　こうえん　　き

★「へ」表目的地「公園」，「は」強調主題「公園」。「へは」表孩子不前往的是公園。

4
今天並沒去公司。

「今天」　「公司」
今日は　会社へは　行きませんでした。
きょう　かいしゃ　い

★「へ」表目的地是「会社」，「は」強調主題「公司」。「へは」表今天沒去的是公司。

5
我才不想和太郎說話。

　　　　「說話」
太郎とは　話したく　ありません。
た ろう　　はな

★「と」表對比對象是「太郎」，「は」強調主題。「とは」表不想談話的對象是太郎，和其他人談話可以。

にも、からも、でも

類義表現

なにも、だれも、どこへも
表示全面否定

接續方法▶ {名詞}＋にも、からも、でも

【強調】格助詞「に、から、で」後接「も」，表示不只是格助詞前面的名詞以外的人事物。

名詞（←強調）　　說明……強調
　　↓　　　　　　　↓

例1 テストは　私にも　難しいです。
わたし　　むずか

考試對我而言也很難。

> 這句話在表示對象的「に」後面又接「も」，強調除了其他的人，「私」(我)也覺得很難。

> 啊啊…好難的題目喔！雖然準備了好幾個禮拜，但還是不會寫，這次的考題真的太難了啦！

← にも

☞ 文法應用例句 ••••••••••••••••••••••••••

2 學校裡沒裝冷氣，家裡也沒裝。

学校には　冷房が　ありません。うちにも　ありません。
がっこう　れいぼう

★「には」表示強調限制「学校」和「うち」這兩地方都沒有冷氣。

3 公車也會從那邊過來。

そこからも　バスが　来ます。
　　　　　　　　　　き

★對象「から」後接「も」，強調除了其他地方，「そこ」也會有公車來。

4 這是很少見的水果，百貨公司也沒有販售。

これは　珍しい　果物です。デパートでも　売って　いません。
　　　　めずら　くだもの　　　　　　　　　　う

★「でも」強調不只其他地方，即使在「百貨公司」這樣的地方，也找不到這種「珍しい果物」。

5 這東西到處都在賣。

これは　どこでも　売って　います。
　　　　　　　　　う

★「でも」用來強調範圍是「任何地方」，即這種東西非常普及，幾乎在任何地方都可以買到。

ぐらい、くらい

1. 大約、左右、上下；2. 大約、左右；3. 和…一樣…

類義表現
ごろ、ころ
大約、左右

接續方法 ▶ {數量詞}＋ぐらい、くらい

1【時間】用於對某段時間長度的推測、估計，如例（1）、（2）。

2【數量】一般用在無法預估正確的約略數量，或是數量不明確的時候，如例（3）、（4）。

3〔程度相同〕可表示兩者的程度相同，常搭配「と同<ruby>じ<rt>おな</rt></ruby>」，如例（5）。

時間（←推測）　　　行為……推測、估計
　　↓　　　　　　　　　↓
例1 昨日<ruby><rt>きのう</rt></ruby>は　6時間<ruby><rt>ろくじかん</rt></ruby>ぐらい　寝<ruby><rt>ね</rt></ruby>ました。

昨天睡了6小時左右。

ぐらい→ 6hr

喔喔！睡得好熟喔！昨天睡了「6時間<ruby><rt>ろくじかん</rt></ruby>」（6個小時）左右。

由於睡眠時間一般很難正確估算，這時候就用「ぐらい」來表示時間上的推測、估計。

👉 文法應用例句 ‧‧‧‧‧‧‧‧‧‧‧‧‧‧‧‧‧‧‧‧‧‧‧‧‧‧‧‧

2
過年期間大約休假一個禮拜。

┌過年┐　　　　┌個星期┐　　　┌──放假──┐
お正月<ruby><rt>しょうがつ</rt></ruby>には　1週間<ruby><rt>いっしゅうかん</rt></ruby>ぐらい　休<ruby><rt>やす</rt></ruby>みます。

★「ぐらい」說明「1週間」是一個大概的數字，並不是精確的數字。

3
吃了大約10顆巧克力。

┌──巧克力──┐　　　┌個┐
チョコレートを　10個<ruby><rt>じゅっこ</rt></ruby>くらい　食<ruby><rt>た</rt></ruby>べました。

★大約吃了幾個？「くらい」說明「10個」是大約估算的數字。

4
演唱會來了大約一萬人。

┌──演唱會──┐　　　┌人（數）┐
コンサートには　1万人<ruby><rt>いちまんにん</rt></ruby>ぐらい　来<ruby><rt>き</rt></ruby>ました。

★大約有多少人？「ぐらい」說明「1万人」是大致估算數量。

5
吳先生的日語說得和日本人一樣流利。

　　　　┌日本人┐　　　　　　　　　┌有能力┐
呉<ruby><rt>ゴ</rt></ruby>さんは　日本人<ruby><rt>にほんじん</rt></ruby>と　同<ruby><rt>おな</rt></ruby>じくらい　日本語<ruby><rt>にほんご</rt></ruby>が　できます。

★日文有多流利？很難準確說明，就用「くらい」來表示。

だけ

只、僅僅

接續方法 ▶ {名詞（＋助詞＋）}＋だけ；{名詞；形容動詞詞幹な}＋だけ；{形容詞‧動詞普通形}＋だけ

【限定】表示只限於某範圍，除此以外沒有別的了。用在限定數量、程度，也用在人物、物品、事情等。

話題　　　事物（←限定）　行為……限定某範圍
　↓　　　　　↓　　　　　↓

例1 お弁当は 一つだけ 買います。
　　べんとう　　ひと　　　　か

只買一個便當。

今天家裡只有我一個人，午餐就買便當吃吧！

だけ

「だけ」帶有肯定前面「一つ」（一個）的意味。因為只有一個人，所以買一個就很夠了。

👉 **文法應用例句** ‧‧‧‧‧‧‧‧‧‧‧‧‧‧‧‧‧‧‧‧‧‧‧‧

2

不喜歡吃蔬菜，所以光只吃肉。

┌蔬菜┐　┌討厭的┐　　┌肉類┐
野菜は　嫌いなので　肉だけ　食べます。
やさい　きら　　　　にく　　た

★「だけ」用來限定前面的內容，表示說話人只吃「肉」，而不吃「野菜」。

3

那個人的優點就只有長得漂亮。

　　　┌人┐　┌臉蛋┐　┌漂亮的┐
あの　人は、顔が　きれいなだけです。
　　　ひと　かお

★「だけ」用來限定「顔がきれい」是唯一的優點，其他方面並不突出。

4

光是有錢並不能結婚。

　　　　┌擁有┐　　　　┌結婚┐
お金が　あるだけでは、結婚できません。
かね　　　　　　　　　けっこん

★「だけ」用來限定「お金がある」是不夠的，強調僅靠有錢並不足以實現結婚的願望。

5

漢字算是懂一點點。

┌漢字┐　┌稍微┐　　┌──懂得──┐
漢字は　少しだけ　分かります。
かんじ　すこ　　　　わ

★「だけ」用來限定「少し」，強調自己的能力非常有限，只能理解少量的漢字。

grammar 047

じゃ

1. 是…；2. 那麼、那

Track 047

類義表現

では

那麼；那

接續方法▶{名詞；形容動詞詞幹}＋じゃ

1【では→じゃ】「じゃ」是「では」的縮略形式，也就是縮短音節的形式，一般是用在口語上。多用在跟自己比較親密的人，輕鬆交談的時候，如例（1）～（3）。

2【轉換話題】「じゃ」、「じゃあ」、「では」在文章的開頭時（或逗號的後面），表示「それでは」（那麼，那就）的意思。用在轉換新話題或場面，或表示告了一個段落，如例（4）、（5）。

話題 　　　　　　　　　行為……否定
↓ 　　　　　　　　　　　　↓

例1 そんなに たくさん 飲んじゃ だめだ。

喝這麼多可不行喔！

爸爸又喝酒了，最近好像喝的暈又變多了，趕快幫爸爸準備解酒的檸檬水！

←じゃ

「じゃ」通常用在比較輕鬆的場合，例如跟家人交談的時候。是不是做什麼呢？原來是不能「飲む」(喝)太多啦！

👉 文法應用例句 ‧‧‧‧‧‧‧‧‧‧‧‧‧‧‧‧‧‧‧‧‧‧‧‧‧‧‧‧

2 我不是日本人。

私は 日本人じゃない。
わたし　にほんじん

★這裡的「じゃない」用在表達說話人不具備某種身分「不是日本人」。

3 我的字寫得不好看。

私は 字が 上手じゃ ありません。
わたし　じ　　じょうず

★這裡的「じゃありません」用在表達說話人不具備某種能力「不擅長書寫」。

4 那，我今天就先回去了。

じゃ、今日は これで 帰ります。
　　　きょう　　　　　　かえ

★轉換話題的「じゃ」是「それでは」的縮略形，表示說話人宣布現在要離開，就此打住。

5 嗯，那，明天見囉。

うん、じゃあ、また 明日ね。
　　　　　　　　　　あした

★轉換話題的「じゃあ」是「それでは」的縮略形式，表說話人即將要進行下一步的動作，即告別。

しか＋否定

只、僅僅

接續方法▶ {名詞（＋助詞）}＋しか～ない

1【限定】「しか」下接否定，表示限定數量或程度。含有除此之外再也沒有別的了的意思，如例（1）、（2）。

2〔程度不足〕強調數量少、程度輕。常帶有因不足而感到可惜、後悔或困擾的心情，如例（3）～（5）。

事物（←限定）　行為（否定）……限定
　　↓　　　　　　↓

例1　私には　あなたしか　いません。

你是我的唯一。

しか

看到你的第一眼我就知道，你是我想攜手長伴一生的唯一對象。

「しか」前面接「あなた」（你）表示限定，就只有你一個人。

👉 文法應用例句 ‥‥‥‥‥‥‥‥‥‥‥‥‥‥‥‥

2　僅有 5000 圓。

　　┌圓┐　　　┌──沒有──┐
5,000円しか　ありません。
ごせんえん

★「しか～ない」用來限定前面的數量，表示只有「5,000 円」，沒有其他的錢了。

3　只賣了一個便當。

┌便當┐　┌一個┐　　　┌──販賣──┐
お弁当は　一つしか　売って　いませんでした。
べんとう　ひと　　　う

★「しか～ない」用來限定前面的數量「一つ」，表示只賣了「一個」便當，強調量很少。

4　今年只去過一次海邊。

┌今年┐　┌大海┐　　┌次┐
今年は　海に　1回しか　行きませんでした。
ことし　うみ　いっかい　い

★「しか～ない」用來限定前面的數量「1回」，表示今年只有「一次」去海邊的機會，沒有再去了。

5　那本書我才讀到一半而已。

　　┌書本┐　　　┌一半┐　　　┌──閱讀──┐
その　本は　まだ　半分しか　読んで　いません。
ほん　　　　はんぶん　　　よ

★「しか～ない」用來限定前面的數量「半分」，表示只讀了那本書的「一半」，沒有讀完全書。

ずつ

每、各

接續方法▶ {數量詞}＋ずつ

【等量均攤】接在數量詞後面，表示平均分配的數量。也表示依次、逐一的意思。

數量詞　　　　　　　行為……平均分配的數量
　　↓　　　　　　　　　　　↓

例1 みんなで　100円ずつ　出します。
　　　　　　　ひゃく えん　　　だ

大家各出100圓。

> 「100円」（100圓）加上「ずつ」，表示每個人平均要拿出來的金額是100圓。

> 這一期樂透上看3億，大家一起來買吧！

ずつ

3億

文法應用例句 ●●●●●●●●●●●●●●●●●●●●●●●●

2

點心一人一個。

　　　　「零食」　　　　　「個」
お菓子は　一人　1個ずつです。
　か　し　　ひとり　いっこ

★分配的「ずつ」表示「糖果每人一個」，即把糖果分成一個一個來分發，這樣可以確保公平性。

3

這種藥請每次服用兩粒。

　　「藥品」「一次」　　「兩個」
この　薬は、一度に　二つずつ　飲んで　ください。
　　　くすり　いち ど　　ふた　　　　の

★分配的「ずつ」表示每次要吃兩顆，可以把藥分成一份一份來吃，這樣可以確保藥物的有效性。

4

請每個人輪流說話。

「一個人」　　「說話」
一人ずつ　話して　ください。
ひとり　　はな

★依次的「ずつ」表每個人都要「一個一個」依照順序的方式發言。

5

這是昂貴的糕餅，所以要一點一點慢慢享用。

「昂貴的」　　　　　　「少許」
高い　お菓子なので、少しずつ　食べます。
たか　　か　し　　　　すこ　　　た

★「ずつ」有逐漸增加數量之意。因糕餅很貴，所以將整個糕餅分成若干份，來減少每次吃的數量，減少消費。

か
或者…

類義表現

か～か～（選擇）
…或是…

接續方法▶ {名詞}＋か＋{名詞}

【選擇】表示在幾個當中，任選其中一個。

任選一個

事物1　　事物2　　　行為……選擇
↓　　　　↓　　　　　↓

例1 ビールか　お酒を　飲みます。

喝啤酒或是清酒。

部長會在「ビール」（啤酒）跟「お酒」（清酒）這兩樣東西當中選一樣。

今天是公司的慶功宴，得好好敬一下這次發揮領袖風範的部長。部長您要喝什麼呢？

か
↓　↓

☞ 文法應用例句 ··

2
用原子筆或鉛筆寫。

┌原子筆┐┌鉛筆┐┌─書寫─┐
ペンか　鉛筆で　書きます。
　　　　えんぴつ　か

★「か」連接兩個選項，表要麼選「ペン」，要麼選「鉛筆」寫字。

3
搭新幹線或是搭飛機。

┌新幹線┐┌飛機┐┌─搭乘─┐
新幹線か　飛行機に　乗ります。
しんかんせん　ひこうき　の

★「か」提出「新幹線」和「飛行機」兩選擇，表示要從中選一種來搭乘。

4
會住在仙台或是松島。

┌──────住宿──────┐
仙台か　松島に　泊まります。
せんだい　まつしま　と

★「か」提出「仙台」和「松島」兩選擇，表示要從中選一處來住宿。

5
請將這張紙拿去給爸爸或媽媽看。

┌紙┐　┌─父親─┐　┌─母親─┐
この　紙は、お父さんか　お母さんに　見せて　ください。
　　　かみ　　とう　　　　かあ　　　み

★「か」提出兩選項「お父さん」和「お母さん」，表示要把這張紙給父親或母親看。

か～か～

1. …或是…；2. …呢？還是…呢

類義表現
も～も～（並列）
…也…也…

接續方法 ▶ {名詞}＋か＋{名詞}＋か；{形容詞普通形}＋か＋{形容詞普通形}＋か；
{形容動詞詞幹}＋か＋{形容動詞詞幹}＋か；{動詞普通形}＋か＋{動詞普通形}＋か

1【選擇】「か」也可以接在最後的選擇項目的後面。跟「か」一樣，表示在幾個當中，任選其中一個，如例（1）～（4）。

2【疑問】「～か＋疑問詞＋か」中的「～」是舉出疑問詞所要問的其中一個例子，如例（5）。

任選一個

事物1　　事物2　　　　行為……選擇

例1 暑いか　寒いか　分かりません。
　　　 あつ　　さむ　　　　わ

不知道是熱還是冷。

か　か

「か」也可以接在最後的選項後面，表示在幾個當中，任選其中一個。

這個假期打算出國玩，不知道那邊的天氣如何？是該帶厚外套還是薄外套呢？

📢 文法應用例句 ••••••••••••••••••••••••••

2　會由古澤小姐或清水小姐其中一位來做。

　　　　　　　　　┌哪一（位）┐　┌做（事）┐
古沢さんか　清水さんか、どちらかが　やります。
ふるさわ　　　し みず

★「か～か」連接兩個選項，表要麼是「古沢さん」，要麼是「清水さん」完成任務。

3　不知道喜歡還是討厭（表示「不知道」時，一般用「分かりません」，如果用「知りません」，就有「不關我的事」的語感）。

┌喜歡的┐　┌討厭的┐　┌──不知道──┐
好きか　嫌いか　知りません。
す　　　きら

★「か～か」連接兩個選項，即「好き」和「嫌い」，表達出說話人對自己的感情沒有把握。

4　你知道邊見小姐結婚了或是還沒呢？

　　　　　┌──結婚──┐　　　　　　　┌知道┐
辺見さんが　結婚して　いるか　いないか、知って　いますか。
へん み　　　けっこん　　　　　　　　　　　　し

★「か～か」表示兩種可能的選擇，即「邊見小姐結婚了」和「邊見小姐沒有結婚」，問對方是否知道哪一個是正確的。

5　要不要喝茶還是其他飲料呢？

┌茶┐　　　┌──飲用──┐
お茶か　何か、飲みますか。
ちゃ　　 なに　の

★「か～か」提出了疑問，「お茶」和「何か」（其他什麼飲料），詢問對方想喝哪一個。

疑問詞＋か

接續方法 ▶ {疑問詞}＋か

【不明確】「か」前接「なに、いつ、いくつ、いくら、どれ」等疑問詞後面，表示不明確、不肯定，或沒必要說明的事物。

　　　疑問詞　　　　　　　行為……不明確的事物等
　　　　↓　　　　　　　　　　　↓

例1 いつか　一緒に　行きましょう。
　　　　　いっしょ　い

找一天一起去吧。

か

既然有機會在東京留學，就一定要去迪士尼玩一趟啊！所以我們找一天一起去吧！

「か」前面接疑問詞的「いつ」，是指還沒有確切約好是哪一天一起去喔！

☞ 文法應用例句 ……………………………………………

2　想要上大學，就得花一些錢。

┌大學┐　┌進入┐　　　　　　　　　┌──花費──┐
大学に　入るには、いくらか　お金が　かかります。
だいがく　はい　　　　　　　　かね

★「か」前接疑問詞「いくら」，表示進大學不確定要花多少錢。

3　我買了幾只盤子和杯子。

┌盤子┐　┌─杯子─┐　┌─幾個─┐
お皿と　コップを　いくつか　買いました。
さら　　　　　　　　　　　か

★「いくつ＋か」表示購買的數量不大，但也不是一個或者兩個的狀態。

4　有吃了什麼了嗎？

┌什麼┐　　┌吃了┐
何か　食べましたか。
なに　　た

★「何＋か」詢問對方有沒有進食過的狀況。

5　請從中挑選一件你喜歡的。

　　　　　┌喜歡的┐　　┌一個┐┌挑選┐
どれか　好きなのを　一つ　選んで　ください。
　　　　す　　　　　　ひと　えら

★「どれ＋か」表示有多個選項可以選擇，詢問對方想要從中選擇哪一個。

〔句子〕＋か
嗎、呢

接續方法 ▸ {句子}＋か

【疑問句】接於句末，表示問別人自己想知道的事。問對方的意見或看法。

句子……想知道的事
↓

例1 あなたは　学生ですか。
　　　　　　がくせい

你是學生嗎？

聯誼會上，被一個女生問了一堆問題。如「你口音很重呦！是哪裡人？」、「你一個人住嗎？」，還問，「你是學生嗎？」。

「か」放在句末，表示問別人自己想知道的事。

←か

👉 文法應用例句 ‧‧‧‧‧‧‧‧‧‧‧‧‧‧‧‧‧‧‧‧‧‧‧‧‧‧‧‧‧‧‧‧‧‧

2　電影好看嗎？

┌電影┐　┌精彩的┐
映画は　面白いですか。
えいが　おもしろ

★用「か」詢問對方「映画」是否有趣。

3　木村先生工作認真嗎？

　　　　　┌認真的┐
木村さんは　真面目ですか。
きむら　　　まじめ

★「か」詢問對方「木村さん」是否「真面目」，以了解對方對木村的看法或印象。

4　今晚會唸書嗎？

┌今晚┐　┌用功讀書┐
今晩　勉強しますか。
こんばん　べんきょう

★「か」是詢問對方今晚是否要進行學習。語含建議的意味。

5　您不是橫田先生嗎？

┌您┐
あなたは　横田さんでは　ありませんか。
　　　　　よこた

★「か」是詢問對方是否為「橫田さん」。帶有猜測或推測的意味。

〔句子〕＋か、〔句子〕＋か

是…，還是…

接續方法 ▶ {句子}＋か、{句子}＋か

【選擇性的疑問句】 表示讓聽話人從不確定的兩個事物中，選出一樣來。

不確定的兩事物

疑問句　　　　　　　疑問句……選出一樣

例1　アリさんは　インド人ですか、アメリカ人ですか。

阿里先生是印度人？還是美國人？

我們學校有很多留學生，大眼睛大鼻子的阿里就是其中一個。

阿里是印度人還是美國人呢？這裡的兩個「か」，都接在疑問句的後面，表示從不確定的兩個事物中，選出一樣來。

か　か

☞ 文法應用例句 ‥‥‥‥‥‥‥‥‥‥‥‥‥‥‥‥‥‥

2

那是原子筆？還是鉛筆？

┌那個┐　┌原子筆┐　　┌鉛筆┐
それは　ペンですか、鉛筆ですか。

★兩個「か」表示說話人對「それ」是「ペン」還是「鉛筆」的疑問。

3

這把傘是伊藤先生的？還是鈴木先生的？

┌這個┐┌雨傘┐
この　傘は　伊藤さんのですか、鈴木さんのですか。

★「～か～か」讓對方從兩人中，選出傘的所有者，是「伊藤さん的」還是「鈴木さん的」。

4

你爸爸待人和藹嗎？還是嚴厲呢？

　　　　　┌親切的┐　　┌嚴厲的┐
お父さんは　優しいですか、怖いですか。

★「～か～か」讓你選擇父親是「溫柔的」還是「可怕的」，詢問對方對父親性格的觀點。

5

那棟公寓乾淨嗎？還是骯髒呢？

　　　┌公寓┐　　　┌乾淨的┐　　┌骯髒的┐
その　アパートは　きれいですか、汚いですか。

★「～か～か」讓你選擇公寓是「乾淨的」還是「骯髒的」，詢問對方對公寓狀況的評價。

〔句子〕＋ね

1.…喔、…呀、…呢；2.…啊；3.…吧；4.…啊

類義表現
でしょう …吧

接續方法 ▶ 〔句子〕＋ね

1【認同】徵求對方認同，如例（1）、（2）。

2【感嘆】表示輕微的感嘆，如例（3）、（4）。

3【確認】表示跟對方做確認的語氣，如例（5）。

4【思索】表示思考、盤算什麼的意思。例如：「そうですね…／這樣啊…。」

5〔對方也知道〕基本上使用在說話人認為對方也知道的事物。

句子……徵求對方認同等
↓

例1 今日（きょう）は とても 暑（あつ）いですね。

今天好熱呀！

哇！今天氣溫狂飆到 38 度，熱到不行！

ね→

你說是不是呢？希望對方同意自己的感覺，也就是對天氣熱，有同樣的感受句尾就用「ね」。

☞ 文法應用例句 ••••••••••••••••••••••••••••••

2 在下雨呢！你有帶傘嗎？

雨（あめ）ですね。傘（かさ）を 持（も）って いますか。
　┌雨┐　　　┌雨傘┐　┌携帯┐

★「ね」用來求取對方，對「在下雨呢」這一顯而易見事實的認同。

3 這蛋糕真好吃呢！

この ケーキは おいしいですね。
　　　┌蛋糕┐　┌可口的┐

★「ね」表達對蛋糕美味的感嘆，徵求對方回應、共鳴，帶著輕柔的語氣。

4 那件裙子真漂亮呀！

その スカートは きれいですね。
　　┌裙子┐　　┌漂亮的┐

★「ね」表達對該裙子美麗的感嘆，徵求對方回應、共鳴，帶著客氣的語氣。

5 高橋小姐妳也會去參加派對吧？

高橋（たかはし）さんも パーティーに 行（い）きますよね。
　　　　　　　┌派對┐

★用「ね」跟對方確認高橋小姐是否參加派對，帶著徵求意見的語氣。

〔句子〕＋よ

1. …喲；2. …喔、…喲、…啊

接續方法▶ {句子}＋よ

1【注意】 請對方注意、提醒對方，如例（1）、（2）。

2【肯定】 向對方表肯定，使對方接受自己的意見時，用來加強語氣，如例（3）～（5）。

3〔對方不知道〕 基本上使用在說話人認為對方不知道的事物，想引起對方注意。

句子……請對方注意等
↓

例1 あ、危ない。車が　来ますよ。

啊！危險！車子來了喲！

> 要通知對方，請對方注意，句尾就用「よ」。

> 小朋友，危險！有車子！

👉 文法應用例句 ‥‥‥‥‥‥‥‥‥‥‥‥‥‥

2 今天是星期六喔。

今日は　土曜日ですよ。

★「よ」請對方注意，強調「今天是星期六」這一顯而易見的事實。

3 高田先生是一位頭腦聰明的人喔。

高田さんは　とても　頭の　よい　人ですよ。

★「よ」強調高田先生非常聰明、頭腦靈活，語氣讚美、推崇。

4 那部電影很好看喔！

あの　映画は　面白いですよ。

★「よ」表達電影很有趣，強調說話人意見，帶推薦或感性的色彩。

5 哥哥已經結婚了喲！

兄は　もう　結婚しましたよ。

★「よ」表示說話人語氣肯定的，表達出哥哥已經結婚這件事情。

Practice • 1

問題一	問題 （ ）の ところに なにを いれますか。1・2・3・4から いちばん いい ものを 1つ えらびなさい。

1 あしたの よるは あめ（ ） ふるでしょう。
　　1　は　　　　2　が　　　　　3　を　　　　　4　で

2 ぞうは はな（ ） ながいです。みみは とても おおきいです。
　　1　は　　　　2　が　　　　　3　を　　　　　4　で

3 すみません、このバスは えきの まえ（ ） とおりますか。
　　1　が　　　　2　に　　　　　3　を　　　　　4　へ

4 ふるい きょうかしょは いえ（ ） ありますが、あたらしい きょうかしょは ありません。
　　1　で　　　　2　を　　　　　3　が　　　　　4　に

5 すみませんが、みず（ ） 1ぱい ほしいです。
　　1　は　　　　2　が　　　　　3　に　　　　　4　で

6 たなかさんは ちゅうごくご（ ） できますか。
　　1　は　　　　2　が　　　　　3　を　　　　　4　に

7 きのう たなかさん（ ） あいました。
　　1　で　　　　2　に　　　　　3　を　　　　　4　が

8 この まえ せんせい（ ） でんわして しつもんしました。
　　1　で　　　　2　に　　　　　3　を　　　　　4　が

9 わたしは すし（ ） だいすきです。すきやきも だいすきです。
　　1　は　　　　2　を　　　　　3　が　　　　　4　で

10 ははは　りょうり（　　）　じょうずです。テニスも　じょうずです。

1　に　　　　2　が　　　　3　を　　　　4　で

11 わたしは　いつも　1にち（　　）　2かい　コーヒーを　のみます。

1　に　　　　2　を　　　　3　は　　　　4　が

12 わたしは　2ねんかん、とうきょうだいがく（　　）べんきょうしました。

1　の　　　　2　で　　　　3　に　　　　4　は

13 タイペイえきの　まえで　バス（　　）　のりました。

1　で　　　　2　に　　　　3　を　　　　4　が

14 ともだちと　へや（　　）　ビデオを　みました。

1　の　　　　2　に　　　　3　で　　　　4　も

15 えきまで　バス（　　）　いきました。それから　でんしゃにのりました。

1　に　　　　2　で　　　　3　を　　　　4　の

16 ともだちと　けいたいでんわ（　　）　はなしました。

1　を　　　　2　で　　　　3　に　　　　4　と

17 デパートへ　かいもの（　　）　いきました。

1　で　　　　2　に　　　　3　まで　　　　4　から

18 1しゅうかん（　　）　1かい　にほんごの　がっこうへ　いきます。

1　で　　　　2　に　　　　3　から　　　　4　へ

19 たまごと　こむぎこ（　　）　クッキーを　つくりました。

1　に　　　　2　へ　　　　3　を　　　　4　で

20 すみませんが、えいご（　　）　はなして　ください。

1　を　　　　2　で　　　　3　に　　　　4　が

21 きのう　ともだちと　えいが（　　）　みました。
　　1　が　　　　　2　を　　　　　3　に　　　　　　4　へ

22 わたしは　まいあさ　8じに　いえ（　　）　でます。
　　1　へ　　　　　2　に　　　　　3　を　　　　　　4　は

23 きのうは　テストでした。けれども、わたしは　かぜ（　　）　がっ
　　こうに　いきませんでした。
　　1　を　　　　　2　で　　　　　3　に　　　　　　4　は

24 「すみません、これは　いくらですか。」「3つ（　　）　500えん
　　です。」
　　1　が　　　　　2　に　　　　　3　は　　　　　　4　で

25 この　みかんは　ぜんぶ（　　）　いくらですか。
　　1　は　　　　　2　で　　　　　3　の　　　　　　4　に

26 きょうは　どこ（　　）　いきましたか。
　　1　を　　　　　2　へ　　　　　3　から　　　　　4　で

27 すみませんが、そこの　しお（　　）　こしょうを　とって　くだ
　　さい。
　　1　を　　　　　2　と　　　　　3　は　　　　　　4　が

28 ともだち（　　）　としょかんで　べんきょうを　しました。
　　1　で　　　　　2　や　　　　　3　と　　　　　　4　を

29 いそいで　バス（　　）　おりました。
　　1　が　　　　　2　を　　　　　3　へ　　　　　　4　に

30 としょかん　（　　）　たくさん　ほんが　あります。
　　1　へ　　　　　2　で　　　　　3　に　　　　　　4　を

31 やまださんは　たなかさん（　　）　けっこんしました。
　　1　を　　　　　2　と　　　　　3　で　　　　　　4　が

32 だれ（　　）パーティーへ いきましたか。
1 は　　　　　2 を　　　　　3 と　　　　　　4 へ

33 わたしは コンピューター（　　）かいます。
1 は　　　　　2 を　　　　　3 が　　　　　4 に

34 まいにち がっこうで にほんご（　　）べんきょうします。
1 は　　　　　2 が　　　　　3 を　　　　　4 に

35 ちちは まいあさ 8じ（　　）かいしゃへ いきます。
1 に　　　　　2 で　　　　　3 から　　　　4 まで

36 わたしは 3ねんまえ（　　）にほんに きました。
1 で　　　　　2 から　　　　3 まで　　　　4 に

37 あなたの いえは えき（　　）どの くらいですか。
1 で　　　　　2 に　　　　　3 まで　　　　4 を

38 あめですね。えき（　　）タクシーで いきましょう。
1 と　　　　　2 まで　　　　3 を　　　　　4 が

39 あたらしい えいがは 5がつ（　　）はじまります。
1 まで　　　　2 に　　　　　3 へ　　　　　4 で

40 にほんごの じゅぎょうは なんじ（　　）ですか。
1 まで　　　　2 を　　　　　3 に　　　　　4 と

41 きょうかしょ（　　）ノートなどは かばんの なかに いれて
ください。
1 で　　　　　2 や　　　　　3 は　　　　　4 を

42 パーティーで だれ（　　）ギターを ひきましたか。
1 は　　　　　2 が　　　　　3 を　　　　　4 へ

43 にんじん（　　）すきでは ありませんが、だいこんは すきです。
1 を　　　　　2 は　　　　　3 に　　　　　4 へ

44 あした（　　）　ちこく　しないで　くださいね。
1　に　　　　2　は　　　　　3　を　　　　　4　で

45 「コーヒーは　ありますか。」「すみません。コーヒーは　ありません。
おちゃ（　　）　ジュースで　いいですか。」
1　か　　　　2　の　　　　　3　で　　　　　4　を

46 すみません、かみを　3まい（　　）　くださいませんか。
1　まで　　　2　を　　　　3　くらい　　　4　から

47 30ぷん（　　）　まちましたが　バスは　きませんでした。
1　くらい　　2　など　　　3　しか　　　　4　ごろ

48 きょうしつには　たなかさん（　　）　いませんでした。
1　くらい　　2　にも　　　3　から　　　　4　しか

49 なつやすみは　いつ（　　）　いつまでですか。
1　まで　　　2　から　　　3　だけ　　　　4　より

50 りんご（　　）　みかんを　かいました。
1　は　　　　2　や　　　　3　が　　　　　4　を

51 えんぴつ（　　）　ノートは　じぶんで　かって　ください。
1　は　　　　2　や　　　　3　が　　　　　4　を

52 さいふに　50えん（　　）　ありませんでした。
1　くらい　　2　しか　　　3　だけ　　　　4　まで

53 この　いえは　えきから　ちかいです（　　）、あまり　きれいでは
ありません。
1　し　　　　2　で　　　　3　が　　　　　4　から

54 かれは　あたまが　いいです（　　）、せいかくが　あまり　よく
ありません。
1　し　　　　2　で　　　　3　が　　　　　4　から

55 だれが はなを もって きました （　　）。
1 よ　　　　　2 か　　　　　3 ね　　　　　4 わ

56 たなかかちょうは ちゅうごくご （　　） できませんが、えいご
は じょうずです。
1 を　　　　　2 は　　　　　3 に　　　　　4 へ

57 きのう、テレビ （　　） みませんでした。
1 へ　　　　　2 が　　　　　3 は　　　　　4 に

58 きょうは とても あついです （　　）。
1 は　　　　　2 ね　　　　　3 と　　　　　4 や

59 あの せんせいは とても きびしいです （　　）。
1 は　　　　　2 と　　　　　3 や　　　　　4 よ

60 テニスを しました。それから ピンポン （　　） しました。
1 は　　　　　2 も　　　　　3 や　　　　　4 に

61 コンピューターも デジカメ （　　） わかりません。
1 が　　　　　2 は　　　　　3 に　　　　　4 も

62 きのう ちちに でんわを しましたが、ともだち （　　） は
しませんでした。
1 に　　　　　2 も　　　　　3 で　　　　　4 が

63 この バスは どうぶつえん （　　） は いきません。
1 に　　　　　2 で　　　　　3 を　　　　　4 から

64 わたしは たなかさん （　　） は けっこんしません。
1 に　　　　　2 を　　　　　3 と　　　　　4 から

65 この がっこうは ヨーロッパ （　　） も たくさん がくせいが
きて います。
1 から　　　　2 に　　　　　3 へ　　　　　4 まで

66 この えいがを みます（　　）、それとも あの えいがを みますか。

| 1 よ | 2 か | 3 ね | 4 わ |

67 かれは そんなに わるい ひとです（　　）。

| 1 は | 2 ね | 3 か | 4 よ |

68 この くつは とても ふるいですから、あたらしい くつ（　　）はしいです。

| 1 は | 2 が | 3 に | 4 へ |

69 こたえは ボールペン（　　）まんねんひつで かいて ください。

| 1 と | 2 で | 3 か | 4 も |

70 あしたの パーティーに いく（　　）どうか わかりません。

| 1 の | 2 は | 3 が | 4 か |

71 パーティーには 30にん（　　）くる よていです。

| 1 ぐらい | 2 など | 3 まで | 4 から |

| 問題二 | 問題 どの こたえが いちばん いいですか。1・2・3・4 から いちばん いい ものを 1つ えらびなさい。 |

1 「たいふうですね。」「ええ、この たいふう（　　）でんしゃが とまりましたよ。」

| 1 が | 2 を | 3 で | 4 に |

2 「この みかんは ぜんぶ（　　）いくらですか。」「300えんです。」

| 1 を | 2 で | 3 に | 4 は |

3 「ちゅうごくごが わかりますか。」「いいえ、わかりません。にほんご（　　）はなして ください。」

| 1 で | 2 が | 3 は | 4 に |

4 「かばんの　なかには　なにが　ありますか。」「きょうかしょ
（　　）　ふでばこなどが　あります。」
　　1　を　　　　　2　や　　　　　3　も　　　　　4　で

5 「だいがく（　　）　なにを　べんきょうしますか。」「れきしを
べんきょうします。」
　　1　が　　　　　2　は　　　　　3　に　　　　　4　で

6 「まどが　あいて　いませんね。」「ええ、かぜ（　　）　まどが
しまりました。」
　　1　が　　　　　2　を　　　　　3　で　　　　　4　は

7 「どこへ　いきますか。」「スーパーへ　かいもの（　　）　いきます。」
　　1　で　　　　　2　へ　　　　　3　が　　　　　4　に

8 「きょうは　さむいですね。」「ええ、そうです（　　）。」
　　1　よ　　　　　2　ね　　　　　3　は　　　　　4　だ

9 「ビールを　のみますか。」「にほんしゅ（　　）　のみますが　ビー
ルはのみません。」
　　1　が　　　　　2　も　　　　　3　に　　　　　4　は

10 「いつ　にほんへ　いきますか。」「8がつ（　　）　いきます。」
　　1　から　　　　2　で　　　　　3　しか　　　　4　よって

11 「くらいですね。」「へやの　でんき（　　）　つけましょう。」
　　1　は　　　　　2　が　　　　　3　に　　　　　4　を

12 「きょうしつに　だれが　いますか。」「だれ（　　）　いません。」
　　1　が　　　　　2　は　　　　　3　も　　　　　4　で

13 「きょうも　びょういんへ　いきますか。」「はい、いっかげつ
（　　）　いっかい　いきます。」
　　1　は　　　　　2　も　　　　　3　で　　　　　4　に

14 「けさは　なにを　たべましたか。」「なに（　　）　たべませんでした。」

　　1　は　　　　　2　が　　　　　3　も　　　　　4　を

15 「おてがみですか。」「ええ、ははに　てがみ（　　）　かきました。」

　　1　は　　　　　2　を　　　　　3　に　　　　　4　から

16 「おてがみですか。」「ええ、はは（　　）てがみが　きました。」

　　1　は　　　　　2　を　　　　　3　に　　　　　4　から

17 「この　ジュース　おいしいですよ。」「そうですか。この　おちゃ（　　）おいしいですよ。」

　　1　は　　　　　2　も　　　　　3　を　　　　　4　が

18 「なんじに　かえりますか。」「5じ（　　）　かえります。」

　　1　まで　　　2　ごろ　　　3　ほど　　　4　へ

19 「だれが　でんわを　かけましたか。」「ともだち（　　）　かけました。」

　　1　に　　　　　2　は　　　　　3　が　　　　　4　を

20 「やまださんが　けっこんしますよ。」「えっ？だれ（　　）けっこんしますか。」

　　1　に　　　　　2　を　　　　　3　と　　　　　4　は

問題 どの こたえが いちばん いいですか。1・2・3・4からいちばん いい ものを えらびなさい。

1 A「きのう、どこへ いきましたか。」
B「( ) いきました。」
1 がっこうを
2 がっこうへ
3 がっこうは
4 がっこうが

2 A「あたらしい しごとは、おもしろいですか。」
B「そうです ( )。とても おもしろいです。」
1 か　　　2 よ　　　3 ね　　　4 が

3 A「このケーキ、おいしいですね。」
B「そうです ( )。ありがとう ございます。ははが つくり
ました。」
1 か　　　2 ね　　　3 よ　　　4 わ

4 A「この ワンピース、どうですか。」
B「いろは きれいですね。でも ( ) きれいでは あり
ませんね。」
1 かたちに
2 かたちも
3 かたちを
4 かたちは

5 A「田中さん、こんにちは。( )。」
B「はい、げんきです。」
1 おきれいですか
2 おげんきですか
3 いいですか
4 よいですか

2.
N5

接尾詞

grammar
001

Track 057

じゅう

1. 全…、…期間；2.…內、整整

接續方法▶ {名詞}＋じゅう

1 【時間】日語中有自己不能單獨使用，只能跟別的詞接在一起的詞，接在詞前的叫接頭語，接在詞尾的叫接尾語。「中（じゅう）」是接尾詞。接時間名詞後，表示在此時間的「全部、從頭到尾」，一般寫假名，如例（1）～（3）。

2 【空間】可用「空間＋中」的形式，接場所、範圍等名詞後，表示整個範圍內出現了某事，或存在某現象，如例（4）、（5）。

主語	時間	敘述……期間跟空間
↓	↓	↓

例1 あの　山には　一年中　雪が　あります。
やま　　いちねんじゅう　ゆき

那座山終年有雪。

> 看到「一年」後面的「中」，知道那座山一整年都有積雪。真是太棒了！

> 幾年前學會了滑雪，所以只要看到積雪的山，就興奮得不得了。

☞ 文法應用例句 ·····································

2

上午時段非常忙碌。

┌上午┐　　┌（當時）忙碌的┐
午前中、忙しかったです。
ご ぜんちゅう　いそが

★「午前中」表示昨天的上午的這一段時間。

3

我打算在暑假期間把N5的單字全部背起來。

┌暑假┐　　　┌單字┐　┌記住┐
夏休み中に、Ｎ５の　単語を　全部覚えるつもりです。
なつやす じゅう　　エヌご　たん ご　ぜん ぶ おぼ

★「夏休み中」要把N5的單字全部背起來，「じゅう」強調暑假「期間」的這個時間段。

4

他名氣很大，全鎮的人都認識他。

┌他┐　┌有名的┐　　　　　　┌認識┐
彼は　有名で、町中の　人が　知っています。
かれ　　ゆうめい　まちじゅう　ひと　し

★他的名氣是「町中」的人都知道他。「じゅう」強調他是在「整個城鎮範圍內」的名人。

5

房間裡亂成一團。

┌房間┐　　┌───零亂───┐
部屋中、散らかって　います。
へ や じゅう　ち

★亂成一團的範圍是「部屋中」。「じゅう」強調「整個房間」都散亂不堪的狀態。

grammar 002
Track 058

ちゅう
…中、正在…、…期間

接續方法 ▶ {動作性名詞} ＋ちゅう

【正在繼續】「中（ちゅう）」接在動作性名詞後面，表示此時此刻正在做某件事情，或某狀態正在持續中。前接的名詞通常是與某活動有關的詞。

主語　　　　　　　　　　某狀態 正在…某事進行中
　↓　　　　　　　　　　　　↓　　↓

例1 沼田さんは　ギターの　練習中です。
ぬまた　　　　　　　れんしゅうちゅう
沼田先生現在正在練習彈吉他。

> 沼用想在女生面前耍酷，拼了命也想把吉他練好。

> 名詞「練習（れんしゅう）」加上接尾詞「中（ちゅう）」，意思是「正在練習」。沼田先生，加油噢！

☞ 文法應用例句 ……………………………………

2 林先生現在在電話中。

林さんは　電話中です。
リン　　でんわちゅう　「電話」

★「中」表示正在進行的動作，「電話中」是指「林さん」正在通話中。

3 津田老師正在上課。

津田先生は　授業中です。
つ だ せんせい　じゅぎょうちゅう
「老師」　「上課」

★「授業中」的「ちゅう」表示津田老師正在進行的活動，即教學活動。

4 中村先生現在在工作。

中村さんは　仕事中です。
なかむら　　しごとちゅう
「工作」

★「仕事中」的「ちゅう」表示中村先生正在進行的活動，即工作。

5 我女兒正在歐洲旅行。

うちの　娘は　ヨーロッパを　旅行中です。
むすめ　　　　　　　りょこうちゅう
「女兒」　　「歐洲」

★「旅行中」的「ちゅう」表說話人的女兒生正在進行的活動，即正在旅行，還沒結束。

たち、がた、かた
…們

接續方法 ▶ {名詞}＋たち、がた、かた

1 【人的複數】接尾詞「たち」接在「私」、「あなた」等人稱代名詞的後面，表示人的複數。但注意有「私たち」、「あなたたち」、「彼女たち」但無「彼たち」。如例（1）。

2 〔更有禮貌－がた〕接尾詞「方」也是表示人的複數的敬稱，説法更有禮貌，如例（2）、（3）。

3 〔人→方〕「方」是對「人」表示敬意的説法，如例（4）。

4 〔人們→方々〕「方々」是對「人たち」（人們）表示敬意的説法，如例（5）。

代名詞　　　狀態、行為等……人的複數
↓　　　　　↓

例1 私たちは　台湾人です。

我們是台灣人。

我們被問説是哪來的，這裡用「私たち」（我們）表示人的複數。

參加了一場國際留學生交流會，大家來自各個國家，每個人都很直率親切！

☞ **文法應用例句** ………………………………………

2 你們是中國人嗎？

┌─您─┐　　┌中國人┐
あなた方は　中国人ですか。
　　がた　　　ちゅうごくじん

★「方」的作用是表示敬意，對先生們的禮貌稱呼。

3 老師們正在開會。

┌老師┐　　┌開會┐
先生方は、会議中です。
せんせいがた　かい ぎ ちゅう

★「先生方」的「方」（們）是指多位老師，「方」是對這些老師的尊敬。

4 那位是哪位呢？

┌那個┐　　┌─哪位─┐
あの　方は　どなたですか。
　　かた

★「あの方」的「方」（位）表對某人的尊敬稱呼，這裡是向對方詢問其身分或姓名。

5 我遇見了很多優秀的人們。

┌極好的┐　　　┌──相遇了──┐
素敵な　方々に　出会いました。
すてき　かたがた　で あ

★「方々」表對複數人的尊敬。這裡是描述説話人所遇到的人很多且優秀。

ごろ
左右

接續方法▶ {名詞}＋ごろ

【時間】表示大概的時間點，一般只接在年、月、日，和鐘點的詞後面。

時間（年月日、時間）　　　行為等……大概的時間
↓　　　　　　　　　　　　↓

例1 2005年ごろから　北京に　いました。
にせんご ねん　　　　　ペキン

我從2005年左右就待在北京。

為了擴展業務，被公司派到北京分公司，在北京這個動作從什麼時候開始的？

「2005年」後接「ごろ」，表示時間是2005年左右。
にせんご ねん

2005年

📣 文法應用例句 ••••••••••••••••••••••••••••••

2

6月前後經常會下雨。

┌6月┐　　　　┌經常┐┌降（雨）┐
6月ごろは　雨が　よく　降ります。
ろくがつ　　　あめ　　　　　ふ

★「ごろ」用來表示「6月」大約是雨季，有可能經常會降雨。

3

明天大概在中午的時候出門。

┌明天┐　　┌中午┐　　　　┌──出門──┐
明日は　お昼ごろから　出かけます。
あした　　ひる　　　　　　で

★「ごろ」修飾時間「お昼」，知道出門時間的大致範圍是「中午左右」。

4

在8號左右打過電話了。

┌8號┐　　　　┌──打電話了──┐
8日ごろに　電話しました。
ようか　　　　でんわ

★「8日ごろ」表達了打電話的大概的時間範圍「8號左右」。

5

從11月左右開始變冷。

┌11月┐　　　┌寒冷的┐
11月ごろから　寒く　なります。
じゅういちがつ　　さむ

★「11月」後接「ごろ」，表示開始變冷的時間是11月左右。

grammar 005

Track 061

すぎ、まえ

1. 過…；2. …多；3. 差…前；4. 未滿…

類義表現

名詞＋の＋まえに；
名詞＋の＋あとで
…前；…後

接續方法 ▶ {時間名詞} ＋すぎ、まえ

1【時間】 接尾詞「すぎ」，接在表示時間名詞後面，表示比那時間稍後，如例（1）。

2【年齡】 接尾詞「すぎ」，也可用在年齡，表示比那年齡稍長，如例（2）。

3【時間】 接尾詞「まえ」，接在表示時間名詞後面，表示那段時間之前，如例（3）、（4）。

4【年齡】 接尾詞「まえ」，也可用在年齡，表示還未到那年齡，如例（5）。

時間名詞　　　　　　　　　行為……比前接時間詞的時間稍後

例1 10時 過ぎに バスが 来ました。
じゅう じ　す　　　　　　　き

過了10點後，公車來了。（10點多時公車來了）

今天有事情必須到學校一
趟，所以去公車站等公車。
公車什麼時候來呢？

「10時」後接「過ぎ」，
じゅう じ　　　　　す
表示公車是在10點之
後才來。

☞ **文法應用例句** ••••••••••••••••

2

家父已經年過7旬了。

爸爸　　已經
父は　もう　70過ぎです。
ちち　　　　　ななじゅう す

★「すぎ」表示父親不再是70歲的年齡了，他已經超過70歲了。

3

現在還有15分鐘就8點了。

現在　　　　　　　分鐘
今　8時　15分　前です。
いま　はち じ　じゅうごふん　まえ

★「15分＋前」表現在
時間是8點「前15分鐘」。
語含需在這時間點之前
完成某些事情。

4

小孩誕生於1年前。

年　　　　　　　出生了
1年前に　子どもが　生まれました。
いちねんまえ　こ　　　　　う

★「1年」後接「前」，表示小孩出生的時間是在「1年前」。

5

還沒滿20歲，所以不能喝酒。

20歲　　　　　　酒　　飲用
まだ　二十歳前ですから、お酒は　飲みません。
はたち　まえ　　　　　　　さけ　　の

★「二十歳＋前」（在20歲之前），表說話人還沒有達到20歲的年齡，因此不能喝酒。

かた
…法、…樣子

Track 062

接續方法▶ {動詞ます形}＋かた

【方法】表示方法、手段、程度跟情況。

動詞ます形　方法……方法
　　↓　　　　↓

例1 てんぷらの　作（つく）り方（かた）は　難（むずか）しいです。
天婦羅不好作。

> 花子學做菜，學了一段時間了。但就是炸不好天婦羅！

> 將「かた」接在「作（つく）る」的動詞ます形後面，成為「作（つく）り方（かた）」表示做的方法。

👉 文法應用例句 ••••••••••••••••••••••••••••••••

2　鉛筆的握法不好。

鉛筆（えんぴつ）の　持（も）ち方（かた）が　悪（わる）いです。

★握法用「持ち方」來表示。

3　這種蔬菜有很多種食用的方式。

この　野菜（やさい）は　いろいろな　食（た）べ方（かた）が　あります。

★食用的方式用「食べ方」來表示。

4　請告訴我該如何到這個地址。

この　住所（じゅうしょ）への　行（い）き方（かた）を　教（おし）えて　ください。

★路線用「行き方」來表示。

5　小說結尾的寫法最難。

小説（しょうせつ）は、終（お）わりの　書（か）き方（かた）が　難（むずか）しい。

★寫法用「書き方」來表示。

Practice・2

問題一 問題 （　）の ところに なにを いれますか。1・2・3・4から いちばん いい ものを 1つ えらびなさい。

1 きのうは　1にち（　　）　あめが　ふりました。
1　まで　　　　2　じゅう　　　　3　くらい　　　　4　まで

2 みなみの　くには　1ねん（　　）　あついです。
1　より　　　　2　ほど　　　　3　じゅう　　　　4　くらい

3 さいきん　3じ（　　）に　いつも　おおあめが　ふります。
1　ごろ　　　　2　まで　　　　3　より　　　　4　に

4 まいにち　2じかん（　　）　べんきょうします。
1　ごろ　　　　2　に　　　　3　くらい　　　　4　へ

5 「コーヒーは　すきですか。」「いいえ、（　　）……。」
1　とても　　　2　ひじょうに　　3　あまり　　　4　いちばん

6 やまださん（　　）は　みんな　こうこうせいです。
1　じゅう　　　2　くらい　　　3　ほど　　　　4　たち

7 さとうさん（　　）も　パーティーに　きました。
1　から　　　　2　たち　　　　3　ほど　　　　4　くらい

8 たいようがいしゃの　（　　）は　かいぎしつに　います。
1　から　　　　2　かた　　　　3　がた　　　　4　かだ

9 いつも　なんじ（　　）　ばんごはんを　たべますか。
1　ぐらい　　　2　ごろ　　　　3　へ　　　　　4　で

10 えいがは　3じかん（　　）　でした。
1　ごろ　　　　2　くらい　　　3　へ　　　　　4　で

11 この えいがは （　　） おもしろく ありませんでした。
　　1　なぜ　　　　2　あまり　　　　3　きっと　　　　4　みんな

　問題二　　　問題　どの　こたえが　いちばん　いいですか。1・2・3・4
　　　　　　から　いちばん　いい　ものを　1つ　えらびなさい。

1　「えいがは　どうでしたか。」「うーん、（　　） おもしろく　あり
　ませんでした。」
　　1　なぜ　　　　2　あまり　　　　3　きっと　　　　4　たぶん

2　「なんじに　かえりますか。」「5じ（　　） かえります。」
　　1　ほど　　　　2　くらい　　　3　ごろ　　　　4　あまり

3　「えいがは　なんじに　はじまりますか。」「5じ（　　） ですよ。」
　　1　まで　　　　2　から　　　　3　あまり　　　　4　へ

4　「よく　あめが　ふりますね。」「そうですね。なつは　1にち
　（　　）あめが　ふります。」
　　1　まで　　　2　に　　　　　3　で　　　　　4　じゅう

問題 どの こたえが いちばん いいですか。1・2・3・4 から いちばん いい ものを えらびなさい。

1 A「えきから がっこうまで どれくらい かかりますか。」
　 B「(　　　　　　　　) です。」
　 1　10ぷんまで　　　　　　　　　2　10ぷんから
　 3　10ぷんくらい　　　　　　　　4　10ぷんに

2 A「きのう、なにを しましたか。」
　 B「(　　　　　　　) ねて いました。かぜでしたから。」
　 1　1にちまで　　　　　　　　　　2　1にちじゅう
　 3　1にちだけ　　　　　　　　　　4　1にちを

3 A「たなかさんは、もう かえりましたか。」
　 B「ええ、(　　　　　　　)。」
　 1　もう かえりました　　　　　2　まだ かえりました
　 3　もう かえりません　　　　　4　まだ かえります

4 A「(　　　　　　　　)、えきは どちらですか。」
　 B「あそこに みえるのが えきですよ。」
　 1　もしもし　　　　　　　　　　2　ごめんなさい
　 3　しつれいします　　　　　　　4　すみませんが

5 A「たなかさんは、まだ きませんか。」
　 B「いいえ、(　　　　　　　　　)。ほら、あそこに。」
　 1　もう きませんか　　　　　　2　まだ きましたよ
　 3　もう きましたよ　　　　　　4　まだ きますか

疑問詞

grammar 001

Track 063

なに、なん

什麼

類義表現

なに＋か
什麼、某個東西

接續方法▶ なに、なん＋{助詞；量詞}

1 **【問事物】**「何（なに）／（なん）」代替名稱或情況不瞭解的事物，或用在詢問數字時。一般而言，表示「どんな（もの）」（什麼東西）時，讀作「なに」，如例（1）、（2）。

2 **〖唸作なん〗**表示「いくつ」（多少）時讀作「なん」。但是，「何だ」、「何の」一般要讀作「なん」。詢問理由時「何で」也讀作「なん」，如例（3）～（5）。

3 **〖唸作なに〗**詢問道具時的「何で」跟「何に」、「何と」、「何か」兩種讀法都可以，但是「なに」語感較為鄭重，而「なん」語感較為粗魯。

疑問詞……代替名稱或情況不瞭解的事物
↓

例1 明日 何を しますか。
あした なに

明天要做什麼呢？

啊～從今天開始放假啦！明天跟朋友做什麼好呢？去動物園？還是去游泳好呢？

用「何」表現不知道要做什麼事情。
なに

☞ **文法應用例句** ....

2
這是用什麼和什麼做成的呢？

┌這個┐ ┌什麼┐ ┌──製作了──┐
これは 何と 何で 作りましたか。
　　　 なに　 なに　 つく

★用「何」詢問用什麼材料或成分製作的。

3
請問你家人總共有幾位？

┌家人┐ ┌位┐
ご家族は 何人ですか。
か ぞく　 なんにん

★用「何」詢問人數有幾位。

4
現在幾點呢？

┌現在┐ ┌點鐘┐
いま 何時ですか。
　　　 なん じ

★用「何」詢問是幾點。

5
明天是星期幾呢？

┌明天┐ ┌星期┐
明日は 何曜日ですか。
あした　 なんようび

★用「何」詢問是星期幾。

だれ、どなた

1.誰；2.哪位…

類義表現
だれ＋か
誰、某人

接續方法▶ だれ、どなた＋{助詞}

1 **【問人】**「だれ」不定稱是詢問人的詞。它相對於第一人稱，第二人稱和第三人稱，如例（1）～（3）。

2 〔**客氣－どなた**〕「どなた」和「だれ」一樣是不定稱，但是比「だれ」説法還要客氣，如例（4）、（5）。

疑問詞……詢問人
↓

例1 あの　人は　誰ですか。
　　　ひと　　だれ

　　　那個人是誰？

要詢問人就用「だれ」（誰），有禮貌的説法是「どなた」（哪位）。

走過去的那個帥哥是誰啊？剛剛怎麼跟妳招手呢？沒有啦！那是班上的同學啦！

だれ →

☞ **文法應用例句** ••••••••••••••••••••••••••••

2
　誰要去買東西呢？

「誰」　　「購物」
誰が　買い物に　行きますか。
だれ　　か　もの　　い

★「誰」用在詢問「誰」將要去買東西。

3
　2月14日那天，妳要把巧克力送給誰呢？

「巧克力」　　　　　「送給」
2月14日、チョコを　誰に　あげますか。
に がつじゅうよっ か　　　　　だれ

★具體的詢問情人節，對方打算把巧克力送給誰時，用「誰」。

4
　這是哪位的相機呢？

「哪位」　　「相機」
これは　どなたの　カメラですか。

★客氣地詢問相機的所有人是誰時，用「どなた」。

5
　「打擾一下！」「來了，請問是哪一位？」

「─── 有人在家嗎 ───」
「ごめん　ください。」「はーい、どなたですか。」

★以禮貌的態度，對訪客的身分進行確認時，用「どなた」。

いつ

何時、幾時

類義表現
いつ＋か
不知什麼時候；
改天、總有一天

接續方法 ▶ いつ＋ {疑問的表達方式}

【問時間】 表示不肯定的時間或疑問。

疑問詞　　　　　　　行為等……不肯定的時間或疑問
　↓　　　　　　　　　　↓

例1　いつ　仕事が　終わりますか。
　　　しごと　　お

工作什麼時候結束呢？

句中的「いつ」（什麼時候）表示不確定的時間，這句話要問的是，工作什麼時候結束呢？

哇！自從上次企畫案得獎以後，為了把企畫案具體完成，市調啦！找廠商啦！廣告啦…工作一堆。

☞ **文法應用例句** ……………………………………

2 何時回國呢？

いつ　国へ　帰りますか。
　　　くに　　かえ

「故鄉」「回去」

★「いつ」用在說話人想知道「什麼時候」將要回國。

3 什麼時候到家呢？

いつ　家に　着きますか。
　　　いえ　つ

「家」「抵達」

★詢問對方到家的具體時間時，用「いつ」。

4 你從什麼時候就一直待在那裡了？

いつから　そこに　いましたか。

「從」「那裡」

★詢問對方開始待在那裡的時間段是什麼時候，用「いつ」。

5 暑假到什麼時候結束呢？

夏休みは　いつまでですか。
なつやす

「暑假」「到」

★「いつ」詢問暑假的結束時間。讓對方回答結束的具體時間。

いくつ

1. 幾個、多少；2. 幾歲

Track 066

類義表現

いくら
多少

接續方法 ▶ {名詞（＋助詞）}＋いくつ

1【問個數】表示不確定的個數，只用在問小東西的時候，如例（1）～（3）。

2【問年齡】也可以詢問年齡，如例（4）。

3〖お＋いくつ〗「おいくつ」的「お」是敬語的接頭詞，如例（5）。

主語　　　疑問詞……不確定個數或年齡
↓　　　　　↓

例1 **りんごは　いくつ　ありますか。**

有幾個蘋果？

要問有幾個，而且
是小東西的時候就
用「いくつ」（多少）。

猜猜看那幾棵樹共有幾
個蘋果？猜對了免費送
肯森蘋果一籃喔！

👉 文法應用例句 ‥‥‥‥‥‥‥‥‥‥‥‥‥‥‥‥‥‥‥

2 吃了幾顆草莓呢？

┌草莓┐　　　　　┌吃了┐
いちごを　いくつ　食べましたか。
　　　　　　　　　　　た

★「いくつ」用在詢問草莓已經吃了「多少個」。

3 請問小學一年級生需要學習多少個漢字呢？

┌小學┐　┌年級┐　　　┌漢字┐　　　　　┌學習┐
小学校　１年生では、漢字を　いくつ　習いますか。
しょうがっこう　いちねんせい　　　かんじ　　　　　なら

★「いくつ」用在詢問小一需要學習「多少個」漢字呢？

4 「小凜，妳現在幾歲？」「４歲。」

　　　　　　┌年紀┐　　　　　┌4歲┐
「りんちゃん、年は　いくつ。」「四つ。」
　　　　　　とし　　　　　　　　よっ

★「いくつ」用在詢問
小凜現在「幾歲」呢？

5 請問您幾歲？

┌尊敬┐
おいくつですか。

★「いくつ」用在詢問您「幾歲」呢？

grammar 005

Track 067

いくら

1. 多少；2. 多少

類義表現

どのぐらい、
どれぐらい

多（久）…

接續方法 ▶ {名詞（＋助詞）}＋いくら

1【問價格】表示不明確的數量，一般較常用在價格上，如例（1）、（2）。

2【問數量】表示不明確的數量、程度、工資、時間、距離等，如例（3）～（5）。

疑問詞……不明確的數量等
↓

例1 この 本_{ほん}は いくらですか。

這本書多少錢？

> 留學期間，盡量過著節儉的生活。所以買書有時候都是上二手書店買的。

> 這本書多少錢呢？就用「いくら」（多少錢）問囉！

👉 文法應用例句 ‥‥‥‥‥‥‥‥‥‥‥‥‥‥‥‥‥‥‥‥

2 請問要花多少錢呢？

お金_{かね}は　いくら　かかりますか。
┌金錢┐　　　　┌──花費──┐

★「いくら」用在詢問需要花費「多少錢」。

3 長度有多長呢？

長_{なが}さは　いくら　ありますか。
┌長度┐　　　　┌─有─┐

★「いくら」用在詢問長度是「多少」呢？

4 請問出生的時候，身高是多少呢？

生_うまれたとき、身長_{しんちょう}は　いくらでしたか。
┌─出生了─┐　　　　┌身高┐

★「いくら」用在詢問身高是「多少」呢？

5 要花多久時間呢？

時間_{じかん}は　いくら　かかりますか。
┌時間┐　　　　┌──花費──┐

★「いくら」用在詢問需要花費「多久」時間呢？

どう、いかが

1. 怎樣；2. 如何

接續方法 ▶ {名詞}＋はどう（いかが）ですか

1 **【問狀況】**「どう」詢問對方的想法及對方的健康狀況，還有不知道情況是如何或該怎麼做等，也用在勸誘時。如例（1）～（3）。

2 **【勸誘】**「いかが」跟「どう」一樣，只是説法更有禮貌，也用在勸誘時。如例（4）、（5）。

主語　　　　疑問詞……詢問想法、健康、勸誘等
↓　　　　　　↓

例1 テストは　どうでしたか。
考試考得怎樣？

這裡的「どう」（怎樣），是指「テスト」（考試）的結果。

今天是孩子們的期末考，不知道上次期中考考差的數學，有沒有進步一些呢？

☞ 文法應用例句 ••••••••••••••••••••••••••

2
> 日文怎麼樣呢？

日本語は　どうですか。
にほんご

★「どう」用在説話人想知道對方對「日本語」的感受、看法。

3
> 請問這個是怎麼做出來的呢？

これは　どうやって　作ったんですか。
つく

★「どうやって」用在説話人想知道「これ」的製作方法。

4
> 九州之旅好玩嗎？

九州旅行は　いかがでしたか。
きゅうしゅうりょこう

★「いかが」用在説話人想知道對方對「九州旅行」的感受。

5
> 要不要來杯茶？

お茶を　いかがですか。
ちゃ

★「いかが」用在説話人想知道對方是否需要「お茶」。

grammar
007
Track 069

どんな

什麼樣的

類義表現
どう
如何

接續方法▸ どんな＋{名詞}

【問事物內容】「どんな」後接名詞，用在詢問事物的種類、內容。

疑問詞　名詞　　　行為等……問事物、內容的種類等
　↓　　　↓　　　　　　　↓

例1 **どんな　車が　欲しいですか。**
　　　　　くるま　　　ほ

你想要什麼樣的車子？

這麼多車款，你想要什麼樣的車子？

「どんな」後接「車（くるま）」表示「什麼樣的車子？」想要的對象要用「が」喔！

☞ **文法應用例句** ••••••••••••••••••••••••••••••••

2

你看什麼樣的書？

　　　　　┌書本┐　┌──閱讀──┐
どんな　本を　読みますか。
　　　　　ほん　　よ

★「どんな」用在說話人想知道，對方正在閱讀什麼類型的「本」？

3

你喜歡什麼顏色？

　　　　　┌顏色┐　┌─喜歡的─┐
どんな　色が　好きですか。
　　　　　いろ　　す

★「どんな」用在說話人想知道，對方喜歡什麼樣的「色」？

4

你想和什麼樣的人結婚呢？

　　　　　┌人┐　┌──結婚──┐
どんな　人と　結婚したいですか。
　　　　　ひと　　けっこん

★「どんな」用在說話人想知道，對方想結婚的對象是什麼樣的「人」？

5

在大學裡學到了哪些東西呢？

┌大學┐　　　　　┌事情┐　┌──學習了──┐
大学で　どんな　ことを　勉強しましたか。
だいがく　　　　　　　　　　べんきょう

★「どんな」用在說話人想知道，對方在大學想學什麼樣的「こと」？

どのぐらい、どれぐらい

多（久）…

類義表現
どんな 什麼樣的

接續方法▶ どのぐらい、どれぐらい＋{詢問的內容}

【問多久】表示「多久」之意。但是也可以視句子的內容，翻譯成「多少、多少錢、多長、多遠」等。「ぐらい」也可換成「くらい」。

主語 　　　　疑問詞　　　　 說明等……多久等
↓　　　　　　↓　　　　　　　↓

例1 春休みは　どのぐらい　ありますか。
はるやす

春假有多長呢？

> 「どのぐらい」在這裡是「多長」之意。

> 哇！春天一到一定要賞花去。這一次的春假有多長啊？

👉 文法應用例句 ‧‧‧‧‧‧‧‧‧‧‧‧‧‧‧‧‧‧‧‧‧‧‧‧‧‧‧

2 請問大概還要多久才會結束呢？

┌剩下┐　　　　　　┌──結束──┐
あと　どのくらいで　終わりますか。
　　　　　　　　　　お

★「どのくらい」表說話人想知道對方，還需「多久時間」才能完成任務。

3 你唸了多久的書？

┌──用功學習了──┐
どれぐらい　勉強しましたか。
　　　　　　べんきょう

★「どれぐらい」表說話人想知道對方，唸了「多少程度」的書？

4 你有多麼喜歡我呢？

┌我┐　　┌事情┐
私の　ことが　どれくらい　好きですか。
わたし　　　　　　　　　　す

★「どれくらい」表說話人想知道，你喜歡我的程度有「多少」呢？

5 請問您來日本大約多久了呢？

　　　┌來到┐┌從┐　　　　　　　┌到…時候┐
日本に　来て　から　どれくらいに　なりますか。
にほん　き

★「どれくらい」表說話人想知道對方，來日本「大約多久」呢？

なぜ、どうして

1. 原因是…；3. 為什麼

接續方法 ▶ なぜ、どうして＋{詢問的內容}

1【問理由】「なぜ」跟「どうして」一樣，都是詢問理由的疑問詞，如例（1）、（2）。

2〔口語－なんで〕口語常用「なんで」，如例（3）。

3【問理由】「どうして」表示詢問理由的疑問詞，如例（4）。

4〔後接のだ〕由於是詢問理由的副詞，因此常跟請求說明的「のだ／のです」一起使用，如例（5）。

疑問詞　　　　　行為……詢問理由
↓　　　　　　　↓

例1　**なぜ　食べませんか。**
た

為什麼不吃呢？

問理由就用「なぜ」（為什麼），也可以用「どうして」（為什麼）。原來是在減肥啦！

咦！這不是妳最愛吃的點心嗎？今天怎麼不吃了？

☞ **文法應用例句** ･････････････････････････

2
請問您為什麼想來日本呢？

「日本」「來到了」
日本に　来たのは　なぜですか。
に　ほん　　き

★「なぜ」詢問了「日本に来た」這個事件的原因。

3
請問您為什麼要辭去工作呢？

「公司」　「辭職了」
なんで　会社を　やめたんですか。
かいしゃ

★口語問理由用「なんで」（為什麼），詢問「会社をやめた」這個事件的原因。

4
為什麼肚子會痛呢？

「肚子」「疼痛的」
どうして　お腹が　痛いんですか。
なか　いた

★問理由也用「どうして」（為什麼），詢問了「お腹が痛い」這個事件的原因。

5
為什麼提不起精神呢？

「精神」
どうして　元気が　ないのですか。
げんき

★問理由也常用「どうして〜のですか」（為什麼），詢問了「元気がない」這個事件的原因。

なにか、だれか、どこか

1. 某些、什麼；2. 某人；3. 去某地方

接續方法 ▶ なにか、だれか、どこか＋{不確定事物}

1【不確定】具有不確定，沒辦法具體說清楚之意的「か」，接在疑問詞「なに」的後面，表示不確定，如例（1）、（2）。

2【不確定是誰】接在「だれ」的後面表示不確定是誰，如例（3）、（4）。

3【不確定是何處】接在「どこ」的後面表示不肯定的某處，如例（5）。

疑問詞か　　　行為等……不確定
↓　　　　　　↓

例1 暑いから、何か　飲みましょう。

好熱喔，去喝點什麼吧！

今天跟朋友來戶外走走，但是真的熱到受不了了，我們喝個飲料休息一下吧！

「何か」表示不確定喝什麼，就是找個什麼東西來喝吧！

☞ **文法應用例句** •

2 那件事聽起來有點奇怪。

┌話題┐　　　　　　┌奇怪的┐
その　話は、何かが　おかしいです。
　　　はなし　　なに

★「何か」表示「その話」有什麼地方不對勁，有不確定的感覺。

3 誰來關一下窗戶吧！

┌窗戶┐　┌關閉┐
誰か　窓を　しめて　ください。
だれ　まど

★用「誰か」（有人）詢問有沒有人能夠關窗，即尋求一位志願者來關窗。

4 進浴室洗澡的時候，有人打電話來了。

┌浴盆┐　┌進入┐　　　　　　　┌電話┐
お風呂に　入って　いるとき、誰かから　電話が　来ました。
ふろ　　はい　　　　　　　だれ　　　でんわ　き

★用「誰か」（有人）指在洗澡的時候，有不確定身分的某人給說話人打電話了。

5 找個地方吃飯吧！

┌哪裡┐　┌用餐┐
どこかで　食事しましょう。
　　　　しょくじ

★「どこか」（某個地方）表示希望去一個未確定的地方用餐。

なにも、だれも、どこへも

也（不）…、都（不）…

接續方法▶ なにも、だれも、どこへも＋{否定表達方式}

【全面否定】「も」上接「なに、だれ、どこへ」等疑問詞，下接否定語，表示全面的否定。

疑問詞も　　　行為（否定）……全面否定
　　↓　　　　　　　↓

例1 今日は　何も　食べませんでした。
きょう　　なに　　た

今天什麼也沒吃。

「も」前接疑問詞「何」後接否定，
知道什麼也沒吃啦！妳又在減肥
了，這種減肥方法不行啦！

今天怎麼一臉蒼白，
又無精打采的。

☞ 文法應用例句 ‥‥‥‥‥‥‥‥‥‥‥‥

2
什麼也不想做。

何も　したく　ありません。
なに　　「做」

★「何も」後接「したくありません」，強調主語不想做任何事情。

3
昨天沒有任何人來。

昨日は　誰も　来ませんでした。
きのう　「昨天」 だれ　「過來」き

★「誰も」後接「来ませんでした」強調了「昨日」這個過去的時間點，沒有任何人出現。

4
好像有聽到什麼聲音，可是一個人也不在。

何かの　音が　しましたが、誰も　いませんでした。
なに　　「聲音」おと　「有了（聲響）」　だれ

★「誰も」表達在聽到了某種聲音時，沒有任何人在那裡的事實。

5
星期日哪兒都沒去。

日曜日は、どこへも　行きませんでした。
にちようび　　　　「前往」い

★用「どこへ＋も」後接否定「行きませんでした」，強調「沒有去任何地方」。

Practice・3

問題一	問題　（　）の　ところに　なにを　いれますか。1・2・3・4から　いちばん　いい　ものを　1つ　えらびなさい。

1 デパートで　（　　）を　かいましたか。
　1　どこ　　　2　いくつ　　　3　なに　　　4　なんで

2 ぎんこうは　（　　）から　ですか。
　1　どれ　　　2　なんじ　　　3　なぜ　　　4　どうして

3 この　レポートは　（　　）が　かきましたか。
　1　どれ　　　2　なに　　　3　だれ　　　4　どんな

4 この　かさは　（　　）の　ですか。
　1　どれ　　　2　なに　　　3　どなた　　　4　どんな

5 リンさんは　（　　）まで　にほんに　いますか。
　1　どれ　　　2　なに　　　3　いつ　　　4　どなた

6 レポートは　（　　）できますか。もう　5がつですよ。
　1　いつ　　　2　なに　　　3　なんで　　　4　どれ

7 「たまごは　（　　）いりますか。」「5こ　いります。」
　1　いくつ　　　2　どれ　　　3　どんな　　　4　どうして

8 NTC は　（　　）の　かいしゃですか。
　1　どの　　　2　なん　　　3　なんじ　　　4　なんで

9 「こうさんは　（　　）ごが　じょうずですか。」「そうですね、えいごが　じょうずです。フランスごも　じょうずです。」
　1　どの　　　2　なに　　　3　いつ　　　4　どれ

10 「ケーキを　（　　）かいますか。」「6こ　かいます。」
　1　どんな　　　2　どれ　　　3　いくつ　　　4　いつ

11 この　ほんは　（　　）の　ですか。
　1　どれ　　　2　なに　　　3　だれ　　　4　どんな

12 この　りんごは　一つ　（　　）ですか。
　1　いくつ　　2　いくら　　3　いつ　　　4　いま

13 「この　ラーメンは　（　　）ですか。」「とても　おいしいですよ。」
　1　いくら　　2　どう　　　3　いつ　　　4　どんな

14 「あたらしい　しごとは　（　　）ですか。」「いそがしいですが、
　たのしいです。」
　1　いかが　　2　いくら　　3　いつ　　　4　いつから

15 この　かいしゃの　しゃちょうは　（　　）ですか。
　1　どれ　　　2　なに　　　3　どなた　　4　どんな

16 むすめさんは　（　　）ですか。
　1　いくら　　2　いくつ　　3　いつ　　　4　いま

17 「おちゃは　（　　）ですか。」「ありがとう　ございます。」
　1　いくら　　2　いかが　　3　いつ　　　4　どんな

18 「（　　）にほんごを　べんきょうしますか。」「にほんの　うたが
　すきですから。」
　1　なぜ　　　2　いつ　　　3　いつから　4　どの

19 「きのう　（　　）かいしゃを　やすみましたか。」「ねつが　あ
　りましたから。」
　1　どの　　　2　どうして　3　いつ　　　4　どんな

20 「（　　）あるいて　きましたか。」「じてんしゃを　いもうとに
　かしましたから。」
　1　どの　　　2　どうして　3　いつ　　　4　どんな

21 すみません、（　　）のみものを　ください。
　1　なに　　　2　ある　　　3　なにか　　4　あんな

22 らいしゅう アメリカへ いきます。（　　）ほしいものは ありますか。

1　いつ　　　2　なに　　　　3　なにか　　　4　いつか

23 （　　）ペンを もって いませんか。

1　いつか　　2　だれか　　3　どこか　　　4　どれか

24 この ほんと あの ほんを かいます。ぜんぶで （　　）ですか。

1　いつ　　　2　いくら　　3　いま　　　　4　いくつか

25 「すみません、とうきょうえきへ いく バスは （　　）ですか。」
「あの あかい バスですよ。」

1　いつ　　　2　どれ　　　3　どうして　　4　いくら

26 「にほんりょうりと たいわんりょうりと （　　）が すきですか。」「たいわんりょうりが すきです。」

1　どちら　　2　いつ　　　3　なに　　　　4　どんな

27 いもうとは ともだちと （　　）へ いきましたよ。

1　いつか　　2　だれか　　3　どこか　　　4　どれか

28 （　　）すきなものが ありますか。プレゼントしますよ。

1　いつか　　2　だれか　　3　どれか　　　4　どこか

29 こんやは （　　）たべないで ください。あした けんさが ありますから。

1　いつも　　2　なにも　　3　なんでも　　4　だれも

30 きょうしつには （　　）いません。みんな かえりました。

1　いつも　　2　だれも　　3　なにも　　4　どれも

31 にちようびは （　　）いきませんでした。つかれて いました から。

1　だれも　　2　いつも　　3　どこへも　　4　なにも

32 （　　）　その　もんだいの　こたえが　わかりませんでした。
1　だれも　　　　　　　　　　2　どこへも
3　なにも　　　　　　　　　　4　どれも

33 きのうは　（　　）　うちへ　きませんでした。
1　どこも　　　　　　　　　　2　だれも
3　どれも　　　　　　　　　　4　いつも

34 このごろ、おもしろい　ことが　（　　）　ありません。
1　だれも　　　　　　　　　　2　いつも
3　なにも　　　　　　　　　　4　なんでも

問題二	問題　どの　こたえが　いちばん　いいですか。1・2・3・4から　いちばん　いい　ものを　1つ　えらびなさい。

1　「（　　）がっこうを　やすみましたか。」「ねつが　ありましたから。」
1　いつ　　　　　　　　　　2　どこで
3　だれが　　　　　　　　　4　どうして

2　「きょうしつに　（　　）　いますか。」「さとうさんと　やまださんがいます。」
1　いつが　　　　　　　　　2　だれは
3　いつが　　　　　　　　　4　だれが

3　「（　　　）こうえんまで　きましたか。」「バスで　きました。ちかかったです。」
1　どんな　　　　　　　　　2　なにで
3　なぜ　　　　　　　　　　4　だれか

4　「（　　）　ほんを　かえしますか。」「あさって　かえします。」
1　だれが　　　　　　　　　2　いつ
3　なぜ　　　　　　　　　　4　どうして

| 問題三 | 問題　どの　こたえが　いちばん　いいですか。1・2・3・4
から　いちばん　いい　ものを　えらびなさい。 |

1　A「デパートで、なにを　かいましたか。」
　　B「（　　　　　　　　　　）。」
　1　もう　10じです　　　　　　　2　かばんうりばです
　3　スカートと　くつです　　　　4　エレベーターの　まえです

2　A「えいがは、どう　でしたか。」
　　B「（　　　　　　　　）。」
　1　ハリーポッターの　えいがです
　2　10じからは　じまります
　3　あまり　おもしろく　なかったです
　4　とても　あたまが　いいです

3　A「にほんの　てんきは、どうですか。」
　　B「いま、（　　　　　　　　　）。」
　1　おいしいです　　　　　　　　2　おげんきです
　3　むずかしいです　　　　　　　4　あたたかいです

4　A「ABCは、なんの　かいしゃですか。」
　　B「（　　　　　　　）。」
　1　アメリカに　あります
　2　エレベーターの　かいしゃです
　3　コンピューターが　あります
　4　とても　おおきいです

5　A「おちゃは　いかがですか。」
　　B「ありがとう　ございます。（　　　　　　　）。」
　1　さようなら　　　　　　　　　2　こんにちは
　3　いただきます　　　　　　　　4　ごちそうさま

MEMO

15

指示詞

▶▶ 内容

指示代名詞「こそあど系列」

	事物	事物	場所	方向	程度	方法	範圍
こ	これ 這個	この 這個	ここ 這裡	こちら 這邊	こんな 這樣	こう 這麼	說話者一方
そ	それ 那個	その 那個	そこ 那裡	そちら 那邊	そんな 那樣	そう 這麼	聽話者一方
あ	あれ 那個	あの 那個	あそこ 那裡	あちら 那邊	あんな 那樣	ああ 那麼	說話者、聽話者 以外
ど	どれ 哪個	どの 哪個	どこ 哪裡	どちら 哪邊	どんな 哪樣	どう 怎麼	是哪個不確定

　　指示代名詞就是指示位置在哪裡囉！有了指示詞，我們就知道說話現場的事物，和說話內容中的事物在什麼位置了。日語的指示詞有下面 4 個系列：

こ系列—指示離說話者近的事物。
そ系列—指示離聽話者近的事物。
あ系列—指示說話者、聽話者範圍以外的事物。
ど系列—指示範圍不確定的事物。

　　指說話現場的事物時，如果這一事物離說話者近的就用「こ系列」，離聽話者近的用「そ系列」，在兩者範圍外的用「あ系列」。指示範圍不確定的用「ど系列」。

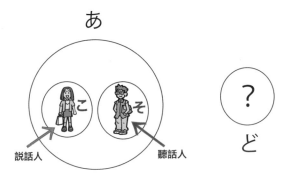

これ、それ、あれ、どれ

1. 這個；2. 那個；3. 那個；4. 哪個

類義表現
こんな、そんな、あんな、どんな
這麼…；那麼…；那麼…；哪樣…

1 **【事物－近稱】**這一組是事物指示代名詞。「これ」（這個）指離説話者近的事物，如例（1）。

2 **【事物－中稱】**「それ」（那個）指離聽話者近的事物，如例（2）、（3）。

3 **【事物－遠稱】**「あれ」（那個）指説話者、聽話者範圍以外的事物，如例（4）。

4 **【事物－不定稱】**「どれ」（哪個）表示事物的不確定和疑問，如例（5）。

指示代名詞　　　事物等……事物
↓　　　　　　　↓

例1　**これは　何ですか。**
　　　　　　なん

這是什麼？

這是聽話者。

這是説話者。

這裡是左邊的説話人在指事物，所以用「これ」（這個）。

☞ 文法應用例句 ······························

2

那是山田先生的電腦。

┌─ 電腦 ─┐
それは　山田さんの　パソコンです。
　　　　　やま だ

★「それ」是指離聽話者山田先生近的「パソコン」。

3

請把名字寫在那上面。

┌名字┐　　┌─書寫─┐
それに　名前を　書いて　ください。
　　　　なまえ　　か

★「それ」（那個）指離聽話者近的某物。

4

我家就是那一戶。

┌我┐　┌家┐　┌那個┐
私の　うちは　あれです。
わたし

★「あれ」（那個）指離説話人、聽話者都遠的事物「私のうち」。

5

哪一本是你的書呢？

　　　　┌─您─┐　┌書本┐
どれが　あなたの　本ですか。
　　　　　　　　　　ほん

★「どれ」（哪個）用在詢問在一堆書中，哪一本是對方的。

この、その、あの、どの

1.這…；2.那…；3.那…；4.哪…

接續方法▶ この、その、あの、どの＋{名詞}

1【連體詞－近稱】這一組是指示連體詞。連體詞跟事物指示代名詞的不同在，後面必須接名詞。「この」（這…）指離説話者近的事物，例如（1）、（2）。

2【連體詞－中稱】「その」（那…）指離聽話者近的事物，如例（3）。

3【連體詞－遠稱】「あの」（那…）指説話者及聽話者範圍以外的事物，如例（4）。

4【連體詞－不定稱】「どの」（哪…）表示事物的疑問和不確定，如例（5）。

指示連體詞 名詞　　　　　　　　　説明……事物
　↓　　↓　　　　　　　　　　　　　↓

例1　この　家は　とても　きれいです。
　　　　　いえ

這個家非常漂亮。

「家」位置靠近説話
人，所以説話人説
明時用「この」。

指示連體詞後面必須接名
詞，所以指示連體詞「この」
（這），後面一定要接名詞
「家」（家）。

☞ **文法應用例句** ·······························

2 這本書很有趣。

┌書本┐　┌精彩的┐
この　本は　面白いです。
　　　ほん　おもしろ

★「この」表示這是説話人手邊或視線範圍內的某一本書。

3 向那個人問問看吧。

┌人物┐　┌詢問┐
その　人に　聞きましょう。
　　　ひと　き

★「人」位置靠近聽話人，所以説話人説明時用「その」。

4 那棟建築物是大使館。

┌建築物┐　┌大使館┐
あの　建物は　大使館です。
　　　たてもの　たいしかん

★「建物」位置離説話
人和聽話人都遠，所以
説話人説明時用「あ
の」。

5 哪一個人是田中先生呢？

┌人物┐
どの　人が　田中さんですか。
　　　ひと　たなか

★表示不知道是哪一個「人」，所以説話人詢問時用「どの」。

grammar 003

Track 076

ここ、そこ、あそこ、どこ

1. 這裡；2. 那裡；3. 那裡；4. 哪裡

類義表現
こっち、そっち、
あっち、どっち

這邊…；那邊…；那邊…；哪邊…

1 【場所－近稱】這一組是場所指示代名詞。「ここ」(這裡)指離說話者近的場所，如例(1)。

2 【場所－中稱】「そこ」(那裡)指離聽話者近的場所，如例(2)。

3 【場所－遠稱】「あそこ」(那裡)指離說話者和聽話者都遠的場所，如例(3)。

4 【場所－不定稱】「どこ」(哪裡)表示場所的疑問和不確定，如例(4)、(5)。

場所指示代名詞　　　　行為……場所
　　↓　　　　　　　　　↓

例1 ここを　左へ　曲がります。
　　　　　ひだり　ま
　在這裡左轉。

> 今天要去山本同學家玩，好期待喔！司機先生，麻煩左轉喔！

> 在哪裡左轉呢？原來是「ここ」(這裡)就要左轉啦！

☞ **文法應用例句** ....

2 在那邊買花。

そこで　花を　買います。
　　　　はな　か

★說話人說明將要在位置靠近聽話人的「そこ」購買花卉。

3 我們去那邊坐吧！

あそこに　座りましょう。
　　　　　すわ

★坐位離說話人和聽話者都遠，所以用「あそこ」來指示坐位的位置。

4 你要去哪裡？

どこへ　行くのですか。
　　　　い

★說話人用「どこ」來詢問對方要去哪個地方。

5 花子小姐在哪裡呢？

花子さんは　どこですか。
はなこ

★說話人用「どこ」詢問「花子さん」的位置或所在地在哪裡。

こちら、そちら、あちら、どちら

1. 這邊、這位；2. 那邊、那位；3. 那邊、那位；4. 哪邊、哪位

---

1 【方向－近稱】這一組是方向指示代名詞。「こちら」（這邊）指離說話者近的方向。也可以用來指人，指「這位」。也可以說成「こっち」，只是前面說法比較有禮貌。如例（1）、（2）。

2 【方向－中稱】「そちら」（那邊）指離聽話者近的方向。也可以用來指人，指「那位」。也可以說成「そっち」，只是前面說法比較有禮貌。如例（3）。

3 【方向－遠稱】「あちら」（那邊）指離說話者和聽話者都遠的方向。也可以用來指人，指「那位」。也可以說成「あっち」，只是前面說法比較有禮貌。如例（4）。

4 【方向－不定稱】「どちら」（哪邊）表示方向的不確定和疑問。也可以用來指人，指「哪位」。也可以說成「どっち」，只是前面說法比較有禮貌。如例（5）。

方向指示代名詞 　　說明……方向跟人
↓　　　　　　　　　↓

例1 こちらは　山田先生です。
　　　　　　　　　　やまだ せんせい

這一位是山田老師。

咦？站在田中先生旁邊這位文質彬彬的先生是誰啊？

經過田中先生介紹，原來「こちら」（這位）是山田老師啊！

☞ **文法應用例句** ••••••••••••••••••••••••••••••••

2 請往這邊移駕。

こちらへ　どうぞ。
　　　　└─請─┘

★說話人用「こちら」，邀請對方到靠近說話人這裡來。

3 那一位是誰呢？

そちらの　方は　どなたですか。
　　　　かた　└─哪位─┘

★詢問的人物所在位置在靠近聽話人的「そちら」。

4 洗手間在那邊。

└─洗手間─┘
お手洗いは　あちらです。
　てあら

★「お手洗い」方向離說話人和聽話者都遠，所以用「あそこ」來引導廁所的方向。

5 您的國家是哪裡？

└─您─┘　┌─國家─┐
あなたの　お国は　どちらですか。
　　　　　くに

★不知道來自哪裡，說話人用「どちら」來提問對方的國家或故鄉。

Practice・4

> **問題一** 問題 （　）の ところに なにを いれますか。1・2・3・4から いちばん いい ものを 1つ えらびなさい。

1　「ちんさんの つくえは （　）ですか。」「いちばん みぎの つくえです。」
　　1　どの　　　2　どれ　　　　3　だれ　　　　4　だれの

2　「がいこくごの ほんは （　）に ありますか。」「2かいに あります。」
　　1　どれ　　　2　どの　　　　3　だれ　　　　4　どこ

3　「すみません、おてあらいは どちらですか。」「（　）です。」
　　1　どちら　　2　どこ　　　　3　こちら　　　4　この

4　「（　）おおきな ビルは なんですか。」「ああ、あれは ぎんこうです。」
　　1　この　　　2　あの　　　　3　その　　　　4　どの

5　すみません、（　）セーターは いくらですか。
　　1　どの　　　2　この　　　　3　だれの　　　4　いつの

6　「（　）ケーキが おいしいですか。」「この いちごの ケーキが おいしいですよ。」
　　1　この　　　2　どの　　　　3　どこ　　　　4　いつ

7　「あちらの かたは （　）ですか。」「この かいしゃの かちょうです。」
　　1　どちら　　2　どなた　　　3　こちら　　　4　そちら

8　「かばん うりばは （　）ですか。」「5かいです。」
　　1　どちら　　2　どなた　　　3　こちら　　　4　そちら

問題 どの こたえが いちばん いいですか。1・2・3・4
から いちばん いい ものを 1つ えらびなさい。

1 「( ) おおきな たてものは なんですか。」「あれは ゆうび
んきょくです。」
1 あの 2 その 3 この 4 どの

2 「その ほんは だれの ですか。」「ああ、これですか。( )
は わたしのです。」
1 あれ 2 それ 3 これ 4 どれ

3 「( ) じしょが いいですか。」「そうですね、この おおき
いのが いいですよ。」
1 この 2 あの 3 その 4 どの

4 「エレベーターは ( ) ですか。」「こちらです。」
1 どの 2 どれ 3 どんな 4 どちら

問題 どの こたえが いちばん いいですか。1・2・3・
4から いちばん いい ものを えらびなさい。

1 A「たなかさんの せきは、どこですか。」
B「あ、( )。」
1 そうです 2 あそこです
3 こんなです 4 どこです

2 A「すみません、ゆうびんきょくは ( )。」
B「あの ビルの となりです。」
1 いつですか 2 だれですか
3 どこですか 4 どうですか

3 A「コーヒーと　こうちゃ、（　　　　　　　　）。」
　　B「コーヒーが　いいです。」
　1　どこが　いいですか　　　　　2　どちらが　いいですか
　3　いつが　いいですか　　　　　4　だれが　いいですか

4 A「（　　　　　　　）いきますか。」
　　B「たなかさんと　いきます。」
　1　どこへ　　　　　　　　　　　2　いつ
　3　どうして　　　　　　　　　　4　だれと

5 A「にほんごの　べんきょうは（　　　　　）。」
　　B「むずかしいですが、おもしろいです。」
　1　いつですか　　　　　　　　　2　どこですか
　3　なぜですか　　　　　　　　　4　どうですか

MEMO

形容詞

形容詞
（現在肯定／現在否定）

1【現在肯定】{形容詞詞幹}＋い。形容詞是說明客觀事物的性質、狀態或主觀感情、感覺的詞。形容詞的詞尾是「い」，「い」的前面是語幹，因此又稱作「い形容詞」。形容詞現在肯定形，表事物目前性質、狀態等，如例（1）、（2）。

2【現在否定】{形容詞詞幹}＋く＋ない（ありません）。形容詞的否定形，是將詞尾「い」轉變成「く」，然後再加上「ない（です）」或「ありません」，如例（3）～（5）。

3【未來】現在形也含有未來的意思，例如：「明日は暑くなるでしょう／明天有可能會變熱。」

主語　　　　形容詞（現在肯定／否定）……客觀事物的感覺等
↓　　　　　↓

例1 この 料理は 辛いです。
　　　　りょうり　から

這道料理很辣。

我最愛吃印度料理了，雖然很辣。

インド料理

這句話用形容詞「辛い」（辣的），來客觀說明這道料理很辣。客氣的說法，後面接「です」。

☞ 文法應用例句 ••••••••••••••••••••••••

2
今天的天空是湛藍的。

「天空」　「湛藍的」
今日は 空が 青いです。
きょう　そら　あお

★形容詞現在肯定「青い」的作用是客觀描述天空的顏色。

3
奶奶家並不是新房子。

――奶奶――　　　　　――新的――
おばあちゃんの うちは 新しくないです。
　　　　　　　　　　　　あたら

★用現在否定「新しくない」來客觀描述「おばあちゃんのうち」的狀況是不新的。

4
日文並不難。

―日語―　―困難的―
日本語は 難しく ないです。
にほんご　むずか

★用現在否定「難しくない」客觀描述學習「日本語」的難易程度是「不難的」。

5
報紙並不無聊。

―報紙―　―枯燥的―
新聞は つまらなく ありません。
しんぶん

★用現在否定「つまらなくありません」來客觀描述「新聞」的內容是引人入勝「不無聊的」。

形容詞
（過去肯定／過去否定）

1 【**過去肯定**】{形容詞詞幹}＋かっ＋た。形容詞的過去形，表示說明過去的客觀事物的性質、狀態，以及過去的感覺、感情。形容詞的過去肯定，是將詞尾「い」改成「かっ」再加上「た」，用敬體時「かった」後面要再接「です」，如例（1）、（2）。

2 【**過去否定**】{形容詞詞幹}＋く＋ありませんでした。形容詞的過去否定，是將詞尾「い」改成「く」，再加上「ありませんでした」，如例（3）、（4）。

3 〖**～くなかった**〗{形容詞詞幹}＋く＋なかっ＋た。也可以將現在否定式的「ない」改成「なかっ」，然後加上「た」，如例（5）。

主語　　　　　　　　形容詞（過去肯定／否定）……過去客觀事物的感覺等
　↓　　　　　　　　　　↓

例1 テストは　やさしかったです。
考試很簡單。

看到後面的形容詞變化，知道已經考完試了。

用形容詞的過去形「やさしかった」，表示很簡單囉！再接「です」是禮貌的說法！

☞ 文法應用例句 ••••••••••••••••••••••••••••••••••

2
今天早晨很涼爽。

┌今朝┐　　┌（當時）涼爽的┐
今朝は　　涼しかったです。
けさ　　　すず

★用形容詞過去肯定「涼しかった」描述過去天氣的感覺是「涼爽的」。

3
肚子很痛，不管吃什麼都索然無味。

┌肚子┐　┌疼痛的┐
お腹が　痛くて、何も　おいしくありませんでした。
なか　　いた　　なに

★用過去否定「おいしくありませんでした」描述過去食物的口味是「不好吃的」。

4
昨天並不熱。

　　　　┌炎熱的┐
昨日は　暑く　ありませんでした。
きのう　あつ

★用「暑くありませんでした」描述昨天的天氣狀況是「不炎熱的」。

5
提不起精神，連電視節目都覺得很乏味。

┌活力┐　┌打不起┐　　┌電視┐　┌有趣的┐
元気が　出なくて、テレビも　面白く　なかったです。
げんき　で　　　　　　　　　　おもしろ

★用「面白くなかったです」描述對電視節目的評價是「沒意思的」。

grammar 003 形容詞く＋て

Track 080

1. …然後；2. 又…又…；3. 因為…

類義表現
形容動詞で
表示句子到此停頓、並列；理由、原因

接續方法▶ {形容詞詞幹}＋く＋て

1【停頓】 形容詞詞尾「い」改成「く」，再接上「て」，表示句子還沒説完到此暫時停頓，例如：「彼女は美しくて髪が長いです／她很美，然後頭髮是長的。」

2【並列】 表示兩種屬性的並列（連接形容詞或形容動詞時），如例（1）～（3）。

3【原因】 表示理由、原因之意，但其因果關係比「から」、「ので」還弱，如例（4）、（5）。

```
              形容詞くて
        形容詞        形容詞等……並列或停頓
          ↓              ↓
```

例1 **教室は 明るくて きれいです。**
きょうしつ あか

教室又明亮又乾淨。

我們教室光線又好，每天都打掃得乾乾淨淨的。對了要把幾個形容詞連在一起，該怎麼説啊？

告訴你，又「明亮」又「乾淨」，要用「て」連接兩個形容詞，表示兩種屬性並列喔！

👉 文法應用例句 ∙∙∙∙∙∙∙∙∙∙∙∙∙∙∙∙∙∙∙∙∙∙∙∙∙∙∙∙∙

2 這本書又薄又輕。

この 本は 薄くて 軽いです。
┌書本┐ ┌薄的┐ ┌輕盈的┐
ほん うす かる

★「て」前後接「薄い」和「輕い」兩形容詞，描述了本書又薄又輕的兩特徵。

3 買了一輛又舊又小的車子。

古くて 小さい 車を 買いました。
┌老舊的┐ ┌小的┐ ┌汽車┐
ふる ちい くるま か

★「て」前後接「古い」和「小さい」兩形容詞，描述了車子狀況是又老舊體積又小。

4 明天有很多事要忙。

明日は やることが 多くて 忙しいです。
あした ┌做（事）┐ ┌多的┐ ┌忙碌的┐
おお いそが

★「多くて」用「て」表因為有很多事要做，所以感到忙碌和疲憊「忙しい」。

5 這杯咖啡很淡，不好喝。

この コーヒーは 薄くて おいしく ないです。
┌咖啡┐ ┌淡薄的┐
うす

★「薄くて」用「て」表示因為咖啡的味道淡，所以不好喝「おいしくない」。語含不滿。

形容詞く＋動詞

接續方法▶ {形容詞詞幹}＋く＋{動詞}

【修飾動詞】形容詞詞尾「い」改成「く」，可以修飾句子裡的動詞。使句子更加明確。

形容詞く
形容詞 動詞……修飾後面的動詞

例 1 今日は　風が　強く　吹いて　います。
きょう　　かぜ　　つよ　　ふ

今日一直颳著強風。

好強的風，都快站不穩了。

這裡的動詞「吹く」（颳），用形容詞「強く」（強烈）來修飾，表示「颳」這個動作，是在「強烈的」情況下進行的。「強く」是由「強い」變化而來的。

☞ 文法應用例句 ••••••••••••••••••••••••••••

2

今天我要早點睡。

今日は　早く　寝ます。
きょう　はや　ね
早的　　就寢

★動詞「寝ます」用形容詞「早く」來做時間修飾，表盡早睡覺。

3

今天早上睡到很晚才起床。

今朝は　遅く　起きました。
けさ　　おそ　　お
今早　　晚的　　起床了

★「起きました」用形容詞「遅く」來修飾，陳述說話人對自己早上晚起這一事實，具懊悔情感。

4

很有精神地打招呼。

元気　よく　挨拶します。
げんき　　　あいさつ
精神　良好地　打招呼

★「挨拶します」用形容詞「元気よく」來修飾，表示說話人以精神飽滿的狀態來打招呼，語含對這個行為的重視。

5

把牆壁漆成白色的。

壁を　白く　塗ります。
かべ　しろ　ぬ
牆壁　白色的　塗抹

★「塗ります」用形容詞「白く」來修飾，表達出說話人對於將牆漆成白色的決定和行動。

形容詞＋名詞

1. …的… ；2.「這…」等

類義表現

形容動詞な＋名詞
修飾名詞

接續方法▶ {形容詞基本形} ＋ {名詞}

1【修飾名詞】 形容詞要修飾名詞，就是把名詞直接放在形容詞後面。注意喔！因為日語形容詞本身就有「…的」之意，所以不要再加「の」了喔，如例（1）～（4）。

2【連體詞修飾名詞】 還有一個修飾名詞的連體詞，可以一起記住，連體詞沒有活用，數量不多。N5 程度只要記住「この、その、あの、どの、大きな、小さな」這幾個字就可以了，如例（5）。

形容詞
┌─────┐
形容詞　名詞……修飾後面的名詞
↓　　↓

例1 小さい　家を　買いました。

買了棟小房子。

這句話裡的名詞「家」（房子），在「小さい」（小的）的形容下，知道是一間小房子。

終於如願地買了自己的房子了。雖然小小的，但是看起來好溫馨，旁邊又有一棵樹。

👉 文法應用例句 ••••••••••••••••••••••••••••

2
想要一件暖和的外套。

┌暖和的┐　┌外套┐　　┌想要的┐
暖かい　コートが　欲しいです。
あたた　　　　　　　ほ

★「コート」用形容詞「暖かい」來做性質修飾，知道說話人想要的是暖和的外套。

3
不想去上骯髒的廁所。

┌骯髒的┐　┌廁所┐　　┌使用┐
汚い　トイレは　使いたく　ありません。
きたな　　　　　つか

★「トイレ」在「汚い」的形容下，表達了說話人對於「骯髒的廁所」衛生問題上的負面情感。

4
這真是件好毛衣呢！

　　　　┌優質的┐　┌──毛衣──┐
これは　いい　セーターですね。

★「セーター」在「いい」的形容下，表達了說話人對於「優質的毛衣」的關注和讚賞。

5
我想住在大房子裡。

┌寬敞的┐　┌房子┐　┌居住┐
大きな　家に　住みたいです。
おお　　いえ　　す

★「家」在連體詞「大きな」形容下，知道說話人的需求是寬敞的住宅。

grammar 006

Track 083

形容詞＋の
…的

類義表現

形容動詞な＋の
後接代替句子的某個名詞「の」

接續方法▶ {形容詞基本形}＋の

【修飾の】形容詞後面接的「の」是一個代替名詞，代替句中前面已出現過的事物。因此「の」在這裡相當於「事情、事物、事態」等的代名詞，可以將形容詞轉化為名詞。

形容詞　代替名詞　　說明等……「の」代替句中某名詞
　↓　　　↓　　　　　　↓

例1 トマトは　赤いのが　おいしいです。

番茄要紅的才好吃。

每次挑蔬果都不知道該怎麼挑，什麼樣的番茄才好吃呢？

這句話的形容詞「赤い」（紅的），後接「の」，這個「の」指的是，前面提過的「トマト」（番茄），就是「紅的番茄」啦！

☞ 文法應用例句 ⋯⋯⋯⋯⋯⋯⋯⋯⋯⋯⋯⋯⋯⋯⋯⋯⋯⋯⋯⋯

2

我要小的。

┌小的┐　　┌好的┐
小さいのが　いいです。
ちい

★「小さいの」表示「小的物品」，是說話人所偏好的大小、尺寸、形狀等。

3

困難的我做不來。

┌困難的┐　　┌──不能夠──┐
難しいのは　できません。
むずか

★「難しいの」表示「難以完成的事」，是說話人的能力或經驗的限制。

4

想要輕的。

┌輕便的┐　　┌想要的┐
軽いのが　欲しいです。
かる　　　　ほ

★「軽いの」表示「輕量化的物品」，是說話人對物品的需求和喜好。

5

不喜歡寒冷的天氣。

┌寒冷的┐　　┌討厭的┐
寒いのは　嫌です。
さむ　　　　いや

★「寒い」後接形式名詞「の」變名詞，就能接「は」。「寒いの」表「寒冷的天氣」是說話人反感的。

MEMO

形容動詞

形容動詞
（現在肯定／現在否定）

類義表現
形容詞（現在肯定／現在否定）
客觀事物的狀態或主觀感情；
前項的否定形

1 **【現在肯定】**{形容動詞詞幹}＋だ；{形容動詞詞幹}＋な＋{名詞}。形容動詞是説明事物性質與狀態等的詞。形容動詞的詞尾是「だ」，「だ」前面是語幹。後接名詞時，詞尾會變成「な」，所以形容動詞又稱作「な形容詞」。形容動詞當述語（表示主語狀態等語詞）時，詞尾「だ」改「です」是敬體説法，如例（1）、（2）。

2 **【疑問】**{形容動詞詞幹}＋です＋か。詞尾「です」加上「か」就是疑問詞，如例（3）。

3 **【現在否定】**{形容動詞詞幹}＋で＋は＋ない（ありません）。形容動詞的否定形，是把詞尾「だ」變成「で」，然後中間插入「は」，最後加上「ない」或「ありません」，如例（4）、（5）。

4 **【未來】**現在形也含有未來的意思，例如：「鎌倉は夏になると、にぎやかだ／鎌倉一到夏天就很熱鬧。」

主語 形容動詞（現在肯定／否定）……客觀事物的狀態等

例1 花子の 部屋は きれいです。
花子的房間整潔乾淨。

快！快進來看！這是花子的「部屋」（房間）。花子的房間怎麼了？

形容動詞「きれいです」，是用來形容房間「整潔乾淨」。

☞ **文法應用例句** ●●●●●●●●●●●●●●●●●●●●●●●●●●●●

2
這個時段，公園很安靜。

この 時間、公園は 静かです。
　　　じかん　こうえん　　しず

★形容動詞「静かです」修飾「公園」，描述公園現在的狀態是非常安靜。

3
你家人都安好嗎？

おうちの 方たちは お元気ですか。
　　　　　かた　　　　げんき

★形容動詞「元気です＋か」，是詢問對方的家人身體是否健康，表達出關愛的情感。

4
「シ」和「ツ」不是相同的假名。

「シ」と「ツ」は、同じでは ないです。
　　　　　　　　　　おな

★形容動詞現在否定「同じではない」表示「シ」和「ツ」外觀雖相似，但發音方式、用法等都存在差異。

5
這間飯店並不有名。

この ホテルは 有名では ありません。
　　　　　　　　ゆうめい

★形容動詞現在否定「有名ではありません」強調這個旅館不夠知名或有名氣。

形容動詞（過去肯定／過去否定）

類義表現

形容詞（過去肯定／過去否定）
過去的事物狀態、過去的感覺；
前項的否定形

1 **【過去肯定】**{形容動詞詞幹}＋だっ＋た。形容動詞的過去形，表示説明過去的客觀事物的性質、狀態，以及過去的感覺、感情。形容動詞的過去形是將現在肯定詞尾「だ」變成「だっ」再加上「た」，敬體是將詞尾「だ」改成「でし」再加上「た」，如例（1）、（2）。

2 **【過去否定】**{形容動詞詞幹}＋ではありません＋でした。形容動詞過去否定形，是將現在否定的「ではありません」後接「でした」，如例（3）。

3 〖**詞幹ではなかった**〗{形容動詞詞幹}＋では＋なかっ＋た。也可以將現在否定的「ない」改成「なかっ」，再加上「た」，如例（4）、（5）。

主語 　　　　　形容動詞（過去肯定／否定）……過去客觀事物的狀態等

例1 彼女は 昔から きれいでした。
　　　かのじょ　むかし

她以前就很漂亮。

> 在同學會上碰到了好多好久不見的朋友，其中最讓人眼睛一亮的是，佐佐木同學還是一樣漂亮耶！

> 看到「昔から」就表示從以前就一直保持一樣的狀態，是什麼狀態呢？原來是「きれいでした」（漂亮）。

☞ 文法應用例句

2
小時候很討厭洗澡。

　　┌孩子┐　┌時候┐　　　　　　　　　（當時）討厭的
子どもの ころ、お風呂に 入るのが 嫌でした。
こ　　　　　　　　ふろ　　はい　　　　　いや

★「嫌でした」為「入る」提供了一個，關於説話人小時候討厭洗澡的感受。

3
我從前並不喜歡讀書。

　　　　┌學習┐　┌喜歡的┐
私は、勉強が 好きでは ありませんでした。
わたし　べんきょう　す

★否定表現「好きではありませんでした」表示過去「私」對「勉強」並不喜歡的態度。

4
以前她的家並不豪華。

┌她┐　　　　┌豪華的┐
彼女の 家は 立派では なかったです。
かのじょ　いえ　りっぱ

★形容動詞過去式否定「立派ではなかったです」是對主語「彼女の家」的否定評價，房子不夠豪華。

5
從小就體弱多病。

┌幼小的┐　┌時候┐　┌康健的┐
小さい ときから、丈夫では なかったです。
ちい　　　　　　　じょうぶ

★形容動詞過去式否定「丈夫ではなかったです」表示過去我身體的狀態並不太好。

形容動詞で

1.…然後；2. 既…又…；3. 因為…

類義表現
で
因為…

接續方法▶ {形容動詞詞幹}＋で

1【停頓】形容動詞詞尾「だ」改成「で」，表示句子還沒說完到此暫時停頓，例如：「ここは 静かで駅に遠いです／這裡很安靜，然後離車站很遠。」

2【並列】表示兩種屬性的並列（連接形容詞或形容動詞時）之意，如例（1）～（4）。

3【原因】表示理由、原因之意，但其因果關係比「から」、「ので」還弱，如例（5）。

形容動詞で
形容動詞　　　形容詞等……並列或停頓
↓　　　　　　　↓

例1 彼女は きれいで やさしいです。
她又漂亮又溫柔。

喂！妳女朋友人怎麼樣？

我們看形容動詞「きれいだ」（漂亮），然後把「だ」改成「で」，再後接形容詞「やさしい」（溫柔的），知道她又漂亮又溫柔啦！

☞ 文法應用例句 •••••••••••••••••••••••••••••

2 這台電腦既好用又便宜。

┌─電腦─┐　┌方便的┐ ┌平價的┐
この パソコンは 便利で 安いです。
べんり　　やす

★形容動詞「便利（だ→で）」，後接形容詞「安い」，知道電腦是既好用又便宜。

3 神社的祭典很熱鬧，玩得很開心。

┌祭典┐　┌熱鬧的┐　┌(當時) 開心的┐
お祭りは 賑やかで 楽しかったです。
まつ　　にぎ　　　たの

★形容動詞「賑やか（だ→で）」與形容詞「楽しかった」並列，表示「お祭り」既熱鬧又開心。

4 星期天總是閒得發慌。

┌星期天┐　┌總是┐┌空閒的┐　┌無聊的┐
日曜日は、 いつも 暇で つまらないです。
にちようび　　　　ひま

★形容動詞「暇（だ→で）」與形容詞「つまらない」並列。表示週日是既無聊又枯燥。

5 這裡很安靜，很適合看書學習！

┌這裡┐ ┌安靜的┐
ここは 静かで、 勉強し やすいです。
しず　　　　べんきょう

★形容動詞「静か（だ→で）」，是後面「勉強しやすい」的原因。表示由於這裡安靜，適宜學習。

形容動詞に＋動詞

…得

接続方法 ▶ {形容動詞詞幹} ＋に＋ {動詞}

【修飾動詞】 形容動詞詞尾「だ」改成「に」，可以修飾句子裡的動詞。

```
                        形容動詞に
               ┌─────────────┐
          形容動詞              動詞……形容動詞修飾動詞
             ↓                 ↓
```

例1 庭の　花が　きれいに　咲きました。
にわ　　はな　　　　　　さ

院子裡的花開得很漂亮。

看動詞「咲きました」（綻開），
前面有形容動詞「きれい」（美
麗）在修飾，就知道，庭院的
花開得很漂亮啦！

我最喜歡弄些花花
草草的了，妳看我
們家的院子。

👉 文法應用例句 ···

2　把廁所打掃得乾乾淨淨。

┌─廁所─┐　┌─乾淨的┐　┌──打掃了──┐
トイレを　きれいに　掃除しました。
　　　　　　　　　　そうじ

★形容動詞「きれい（だ→に）」，修飾動詞「掃除しました」，表示把廁所打掃得一塵不染。

3　細心地養育孩子。

┌─孩子─┐　┌細心地┐　┌─養育─┐
子どもを　大切に　育てます。
こ　　　　　たいせつ　そだ

★形容詞「大切（だ→に）」修飾動詞「育てます」表示對待孩子是透過「精心培育」的。

4　認真地學習。

┌認真的┐
真面目に　勉強します。
まじめ　　べんきょう

★「真面目（だ→に）」修飾動詞「勉強します」，表示在「認真地」的方式下進行學習。

5　請放輕腳步走路。

┌輕聲的┐　┌─走路─┐
静かに　歩いて　ください。
しず　　　ある

★「静か（だ→に）」
修飾動詞「歩いて」，
表示在「悄悄地」的方
式下行走。

形容動詞な＋名詞

…的…

接續方法 ▶ {形容動詞詞幹}＋な＋{名詞}

【修飾名詞】形容動詞要後接名詞，得把詞尾「だ」改成「な」，才可以修飾後面的名詞。

形容動詞な
形容動詞　　　　名詞……形容動詞修飾名詞
　↓　　　　　　　↓

例1 きれいな　コートですね。

好漂亮的大衣呢！

把形容動詞「きれい」（漂亮），放在名詞「コート」（大衣）的前面來修飾，告訴她「漂亮的大衣」喔！

妳覺得我這件大衣如何？昨天買的。

☞ **文法應用例句** ·····················

2

字寫得真難看耶。

┌拙劣的┐　　┌字┐
下手な　字ですね。
へ　た　　じ

★形容動詞「下手（だ→な）」，修飾「字」，表示字的狀態是不好的。

3

他是有名的作家。

　　　┌有名的┐　　┌作家┐
彼は　有名な　作家です。
かれ　ゆうめい　さっか

★形容動詞「有名（だ→な）」，修飾名詞「作家」，表示他的屬性，是一個「著名的作家」。

4

這是很重要的書。

　　　　┌重要的┐　　┌書本┐
これは　大切な　本です。
　　　　たいせつ　ほん

★形容動詞「大切（だ→な）」，修飾名詞「本」，表示書的屬性是「重要的書」。

5

五彩繽紛的花卉盛開綻放。

┌各式各樣的┐　┌花朵┐　┌──綻放──┐
いろいろな　花が　咲いて　います。
　　　　　　はな　さ

★形容動詞「いろいろ（だ→な）」，修飾名詞「花」，表示「許多不同種類的花」正綻放著。

grammar 006
Track 089

形容動詞な＋の
…的

類義表現
形容詞＋の
後接「の」，代替前面出現過的某名詞

接續方法▶ {形容動詞詞幹}＋な＋の

【修飾の】形容動詞後面接代替句子的某個名詞「の」時，要將詞尾「だ」變成「な」。

形容動詞　代替名詞　　行為等……「の」代替句中某名詞
　　↓　　　　↓　　　　　　↓

例1 有名なのを　借ります。
ゆうめい　　　　か

我要借有名的。

我要借幾本明治時期的小説來做報告，而且是當時著名的小説。

形容動詞「有名」（有名的），後面接的「の」，指的是「小説」（小説），而且是形容動詞所形容「有名的」。
ゆうめい　　　　　　　しょうせつ

☞ 文法應用例句 ••••••••••••••••••••••••••••••••••••••

2　請給我堅固的。

┌堅固的┐
丈夫なのを　ください。
じょうぶ

★形容動詞「丈夫（だ→な）」，後接「の」，表示物品的特徵是「耐用的」。

3　漂亮的比較好。

┌漂亮的┐　　　　┌好的┐
きれいなのが　いいです。

★「きれいなの」可以理解為「漂亮的那個」，表示説話人希望得到一個漂亮的東西。

4　你喜歡的是哪一個呢？

┌喜歡的┐
好きなのは　どれですか。
す

★形容動詞「好き（だ→な）」，後接「の」，詢問對方「喜愛的品項」是哪一個？

5　請問有沒有容易使用的呢？

┌使用┐方法┐　┌簡單的┐
使い方が　簡単なのは　ありますか。
つか　かた　　かんたん

★形容動詞「簡単（だ→な）」，後接「の」，表示物品的特徵是「易於使用的」。

Practice • 5

問題一　問題　（　）の　ところに　なにを　いれますか。1・2・3・4から　いちばん　いい　ものを　1つ　えらびなさい。

1 わたしは　おかしが　あまりすき（　）
　1　ではありません　　　　　2　でした
　3　です　　　　　　　　　　4　くありません

2 ここは　とても　しずか（　）いい　ところです。
　1　に　　　　2　の　　　　3　で　　　　4　と

3 へやを　もっと　（　）して　ください。
　1　あかるい　2　あかるく　　3　あかるいに　4　あかるくに

4 この　ほんは　たいへん　（　）です。
　1　おもしろく　　　　　　　2　おもしろいで
　3　おもしろいな　　　　　　4　おもしろい

5 たなかさんは　とても　きれい（　）やさしい　ひとです。
　1　に　　　　2　の　　　　3　で　　　　4　と

6 にんじんを　（　）きって　ください。
　1　おおきいに　　　　　　　2　おおきく
　3　おおきに　　　　　　　　4　おおきいで

7 （　）きれいな　くつが　ほしいです。
　1　あたらしいの　　　　　　2　あたらしいくて
　3　あたらしくて　　　　　　4　あたらしの

8 「どちらが　いいですか。」「その　（　）を　ください。」
　1　ちいさいいの　　　　　　2　ちいさいくの
　3　ちいさくの　　　　　　　4　ちいさいの

9 きょうは　（　　）　ねて　ください。
1　はやい　　　2　はやく　　　　3はやいの　　　　4　はやいに

10 さとうさんは　つよくて　（　　）　ひとです。
1　親切だ　　2　親切に　　　3　親切の　　　4　親切な

11 「このへやは　いかがですか。」「もう　すこし　（　　）　が　いい
ですね。」
1　ひろい　　　2　ひろいの　　　3　ひろいだ　　　4　ひろく

12 たいわんの　なつは　（　　）　たいへんです。
1　あついの　　2　あつい　　　3　あついで　　　4　あつくて

問題二	問題　どの　こたえが　いちばん　いいですか。1・2・3・4　から　いちばん　いい　ものを　1つ　えらびなさい。

1 「なにか　のみますか。」「ええ、（　　）　みずを　くださいません
か。」
1　さむい　　　2　ひろい　　　3　つめたい　　　4　すずしい

2 「あめが　よく　ふりますね。」「でも、あしたの　てんきは　きっ
と　（　　）　なりますよ。」
1　いい　　　2　いく　　　3　よい　　　4　よく

3 「この　ケーキは　どうですか。」「ええ、とても　（　　）　です。」
1　わるい　　2　くらい　　　3　おいしい　　　4　あかるい

4 「たなかさんは　どのひと　ですか。」「あの　（　　）　ひとです
よ。」
1　きれい　　　2　きれいで　　　3　きれいの　　　4　きれいな

問題　どの　こたえが　いちばん　いいですか。1・2・3・4
から　いちばん　いい　ものを　えらびなさい。

1 A「きのうの　えいがは　どうでしたか。」
　　B「（　　　　　　　）。」
　1　しんせつでした　　　　　　　2　とおかったです
　3　おもしろかったでした　　　　4　こわかったです

2 A「かおいろが　（　　　　　　　　）。だいじょうぶですか。」
　　B「うーん……。ちょっと　あたまが　いたいです。」
　1　いいですよ　　　　　　　　　2　あついですよ
　3　こいですよ　　　　　　　　　4　わるいですよ

3 A「わあ、ひとが　たくさん　ならんでいますね。」
　　B「あそこは　（　　　）です。」
　1　ゆうめいな　レストラン　　　2　しんせつな　こうばん
　3　ひろい　こうえん　　　　　　4　大きい　としょかん

4 A「あ、もう　3じですよ。」
　　B「じかんが　（　　　　　　）。いそぎましょう。」
　1　あります　　2　ありません　　3　います　　　　4　いません

5 A「あたらしい　へやは　どうですか。」
　　B「えきから　ちかいですが、（　　　　　）。」
　1　おおきいです　　　　　　　　2　とおいです
　3　ひろいです　　　　　　　　　4　せまいです

7

N5

動詞

▶▶ 内容

表示人或事物的存在、動作、行為和作用的詞叫動詞。日語動詞可以分為3大類,有:

分類		ます形	辭書形	中文
一段動詞	上一段動詞	おきます すぎます おちます います	おきる すぎる おちる いる	起來 超過 掉下 在
	下一段動詞	たべます うけます おしえます ねます	たべる うける おしえる ねる	吃 受到 教授 睡覺
五段動詞		かいます かきます はなします およぎます よみます あそびます まちます	かう かく はなす およぐ よむ あそぶ まつ	購買 書寫 説 游泳 閱讀 玩耍 等待
不規則動詞	サ行變格	します	する	做
	カ行變格	きます	くる	來

動詞按形態和變化規律,可以分為5種:

1. 上一段動詞

動詞的活用詞尾,在50音圖的「い段」上變化的叫上一段動詞。一般由有動作意義的漢字,後面加兩個平假名構成。最後一個假名為「る」。「る」前面的假名一定在「い段」上。例如:

起きる(おきる)
過ぎる(すぎる)
落ちる(おちる)

2. 下一段動詞

動詞的活用詞尾在 50 音圖的「え段」上變化的叫下一段動詞。一般由一個有動作意義的漢字，後面加兩個平假名構成。最後一個假名為「る」。「る」前面的假名一定在「え段」上。例如：

食べる（たべる）
受ける（うける）
教える（おしえる）

只是，也有「る」前面不夾進其他假名的。但這個漢字讀音一般也在「い段」或「え段」上。如：

居る（いる）
寝る（ねる）
見る（みる）

3. 五段動詞

動詞的活用詞尾在 50 音圖的「あ、い、う、え、お」五段上變化的叫五段動詞。一般由一個或兩個有動作意義的漢字，後面加一個（兩個）平假名構成。

（1）五段動詞的詞尾都是由「う段」假名構成。其中除去「る」以外，凡是「う、く、す、つ、ぬ、ふ、む」結尾的動詞，都是五段動詞。例如：

買う（かう）　　　待つ（まつ）
書く（かく）　　　飛ぶ（とぶ）
話す（はなす）　　読む（よむ）

（2）「漢字＋る」的動詞一般為五段動詞。也就是漢字後面只加一個「る」，「る」跟漢字之間不夾有任何假名的，95 % 以上的動詞為五段動詞。例如：

売る（うる）　　　走る（はしる）
知る（しる）　　　要る（いる）
帰る（かえる）

（3）個別的五段動詞在漢字與「る」之間又加進一個假名。但這個假名不在「い段」和「え段」上，所以，不是一段動詞，而是五段動詞。例如：

始まる（はじまる）　　終わる（おわる）

4.サ行變格

サ行變格只有一個詞「する」。活用時詞尾變化都在「サ行」上，稱為サ行變格。另有一些動作性質的名詞或其他品詞＋する構成的複合詞，也稱サ行變格。例如：

結婚する（けっこんする）　　勉強する（べんきょうする）

5.カ行變格

只有一個動詞「来る」。因為詞尾變化在カ行，所以叫做カ行變格，由「く＋る」構成。它的詞幹和詞尾不能分開，也就是「く」既是詞幹，又是詞尾。

動詞
（現在肯定／現在否定）

類義表現

動詞（過去肯定／過去否定）
過去的存在、行為和作用；
前項的否定形

2. 沒…、不…

1 **【現在肯定】**{動詞ます形}＋ます。表示人或事物的存在、動作、行為和作用的詞叫動詞。動詞現在肯定形敬體用「ます」，如例（1）～（3）。

2 **【現在否定】**{動詞ます形}＋ません。動詞現在否定形敬體用「ません」，如例（4）、（5）。

3 **【未來】**現在形也含有未來的意思，例如：「来週日本に行く／下週去日本。」、「毎日牛乳を飲む／每天喝牛奶。」

　　對象　　　　　　動詞（現在肯定／否定）……人或事物的動作等
　　　↓　　　　　　　　　↓

例1 帽子を　かぶります。
ぼうし

戴帽子。

對東西「帽子」（帽子）施加「かぶり」（戴）的這個動作。

哇！今天太陽好大啊！為了避免曬傷，記得要戴帽子再出門喔！

☞ 文法應用例句 ●●●●●●●●●●●●●●●●●●

2
排桌子。

「桌子」 ——排列——
机を　並べます。
つくえ　なら

★對「机」施加「並べます」的這個動作，表示將桌子整理排列的動作。

3
喝水。

「水」 ——飲用——
水を　飲みます。
みず　の

★對「水」施加「飲みます」這個動作，表示說話人將要喝水。

4
今天不洗澡。

「今天」 「洗澡水」 「進入」
今日は　お風呂に　入りません。
きょう　ふろ　はい

★動詞現在否定形「入りません」強調了說話人不做某動作，今天不打算入浴。

5
不懂英文。

「英文」 「有能力」
英語は　できません。
えいご

★動詞現在否定形「できません」強調了說話人在英語方面的不足，不會說英語。

grammar 002

動詞
（過去肯定／過去否定）

Track 091

1. …了；2. （過去）不…

類義表現
動詞（現在肯定／現在否定） 人或事物的存在；習慣；計畫； 前項的否定形

---

1 【過去肯定】{動詞ます形}＋ました。動詞過去形表示人或事物過去的存在、動作、行為和作用。動詞過去肯定形敬體用「ました」，如例（1）～（3）。

2 【過去否定】{動詞ます形}＋ませんでした。動詞過去否定形敬體用「ませんでした」，如例（4）、（5）。

說話之前的時間　　　　　　　動詞（過去肯定／否定）……表過去的行為等
　　↓　　　　　　　　　　　　　　↓

例1 今日は　たくさん　働きました。
　　きょう　　　　　　　はたら

今天做了很多工作。

今天早上電話一直不斷響不停，好忙好忙喔！但接了很多筆訂單，真是令人開心！

已經是今天早上的事情，所以動詞用「働き」（工作）的過去形「働きました」。

☞ 文法應用例句 ●●●●●●●●●●●●●●●●●●●●●●●●●●●●●●●

2　昨天去了圖書館。

┌昨天┐　┌圖書館┐
昨日　　図書館へ　行きました。
きのう　としょかん　　い

★過去肯定「行きました」，表示「去圖書館」是過去已經發生的動作。

3　上星期寫了信給朋友。

┌上週┐　┌朋友┐　　┌信┐
先週、　友達に　手紙を　書きました。
せんしゅう　ともだち　てがみ　　か

★用過去肯定「書きました」表示書寫這一動作，在過去的某個時間「先週」已經完成了。

4　今天松本同學沒來上學。

　　　　　　　　┌學校┐　┌前來┐
今日、松本さんは　学校に　来ませんでした。
きょう　まつもと　　がっこう　き

★表達「今日」發生過的事情，用過去否定形「来ませんでした」強調了她沒有到達學校的動作。

5　今天的工作並沒有做完。

　　　　┌工作┐　┌──結束──┐
今日の　仕事は　終わりませんでした。
きょう　しごと　お

★表達「今日」發生過的事情，用過去否定形「終わりませんでした」強調工作沒有在當天完成。

動詞（基本形）

接續方法 ▶ {動詞詞幹}＋動詞詞尾（如：る、く、む、す）

【辭書形】相對於「動詞ます形」，動詞基本形又叫普通型，說法比較隨便，一般用在關係跟自己比較親近的人之間。因為辭典上的單字用的都是基本形，所以又叫「辭書形」（又稱為「字典形」）。它表示動作正在進行或正在發生。

　　　　道具　　對象　　　　動詞（普通形）……用在親近的人
　　　　　↓　　　↓　　　　　↓
　　　　はし　　はん　　　　　た
例1 **箸で　ご飯を　食べる。**
用筷子吃飯。

今天跟外了到日式料理店進餐。

跟關係比較親近的人，日語一般用普通形。「食べます」的基本形是「食べる」。

📢 文法應用例句 ·····································

2　穿襪子。
┌襪子┐　┌穿┐
靴下を　履く。
くつした　は

★「履きます」普通形是「履く」。表示「穿」的動作正在發生。

3　打開電視。
┌電視┐　　┌打開┐
テレビを　点ける。
　　　　　　つ

★「点けます」普通形是「点ける」。表示「打開」的動作正在發生。

4　每天工作8小時。
┌每天┐　　　　　┌工作┐
毎日　8時間　働く。
まいにち　はち じ かん　はたら

★「働きます」普通形是「働く」。表示「工作」的動作正在發生。

5　直接回家。
┌──直接──┐　　┌回去┐
まっすぐ　家に　帰る。
　　　　　　いえ　かえ

★「帰ります」普通形是「帰る」。表示「回家」的動作正在發生。

動詞＋名詞

…的…

類義表現
形容詞＋名詞
…的

接續方法▶ {動詞普通形}＋{名詞}

【修飾名詞】動詞的普通形，可以直接修飾名詞。表示一個動作正在發生在一個東西上面，或用動作描述一個物品。

修飾後面的名詞

動詞（普通形）　　名詞……修飾
↓　　　　　　　↓

例1 分（わ）からない　単語（たんご）が　あります。
有不懂的單字。

> 要告訴人家有不懂的單字，要把動詞的普通形「分からない」（不知道）放在「単語」（單字）前面，來整個説明（修飾）這個單字。

> 咦？怎麼啦？看起來好像很苦惱的樣子。

👉 **文法應用例句** ••••••••••••••••••••••••••••••••

2

下星期要爬的那座山，海拔高達3000公尺。

┌下週┐ ┌攀登┐┌山岳┐　　　　┌─公尺─┐
来週　 登る　 山は、3,000メートルも　あります。
らいしゅう のぼ やま　　さんぜん

🔊

★動詞普通形「登る」，修飾名詞「山」。表示爬的動作是在山上進行的。

3

那裡是我去年到過的地方。

　　　　┌去年┐　　　　　　┌─地方─┐
そこは、 去年　 私が　 行った　 ところです。
　　　 きょねん わたし　 い

🔊

★動詞普通形「行った」，修飾名詞「ところ」。表示「去」的動作是在「地方」進行的。

4

我目前住的公寓很小。

　　　 ┌─居住─┐　　　 ┌─公寓─┐ ┌狹窄的┐
私が　 住んで　 いる　 アパートは　 狭いです。
わたし　 す　　　　　　　　　　　 せま

🔊

★動詞普通形「住んでいる」，修飾名詞「アパート」。表示「住」的動作是在「公寓」進行的。

5

是誰吃掉了我的蛋糕？

　　┌─蛋糕─┐　　　┌人┐ ┌誰┐
私の　 ケーキを　 食べた　 人は　 誰ですか。
わたし　　　　　　 た　　 ひと　 だれ

🔊

★動詞普通形「食べた」，修飾名詞「人」。

が＋自動詞

接續方法 ▶ {名詞}＋が＋{自動詞}

【無意圖的動作】「自動詞」是因為自然等等的力量，沒有人為的意圖而發生的動作。「自動詞」不需要有目的語，就可以表達一個完整的意思。相較於「他動詞」，「自動詞」無動作的涉及對象。相當於英語的「不及物動詞」。

主語　　　　自動詞……沒有人為意圖發生的動作
　↓　　　　　　↓

例1 火が　消えました。

　　火熄了。

由於「熄了」，不是人為的，是自然因素，所以用自動詞「消えました」(熄了)。對了，「火」的後面要接助詞「が」囉！

奇怪了？火怎麼熄了！原來是風把火吹熄的啦！

☞ **文法應用例句** ••••••••••••••••••••••••••••••••

2　溫度會上升。

┌氣溫┐　┌──上升──┐
気温が　上がります。
き おん　　あ

★氣溫發生變化「溫度上升」是自然因素，所以用自動詞「上がります」。

3　下雨。

┌雨┐　┌──降下──┐
雨が　降ります。
あめ　　ふ

★由於「下雨」是自然因素，所以用自動詞「降ります」。

4　車停了。

┌汽車┐　┌──停下了──┐
車が　止まりました。
くるま　　と

★由於「車停了」是汽車自身停止了，所以用自動詞「止まりました」。

5　下個月就是生日了。

┌下個月┐　┌─生日─┐　┌─到來─┐
来月、誕生日が　来ます。
らいげつ　たんじょう び　　き

★由於「生日到了」是時間流逝產生的，所以用自動詞「来ます」。

grammar 006 を＋他動詞

Track 095

類義表現

通過・移動＋を＋自動詞
表示經過或移動的場所

接續方法▶ {名詞}＋を＋{他動詞}

1【有意圖的動作】名詞後面接「を」來表示動作的目的語，這樣的動詞叫「他動詞」，相當於英語的「及物動詞」。「他動詞」主要是人為的，表示影響、作用直接涉及其他事物的動作，如例（1）～（3）。

2〔他動詞たい等〕「たい」、「てください」、「てあります」等句型一起使用，如例（4）、（5）。

主語　目的語（動作對象）他動詞……有意圖地做某動作
　↓　　　　↓　　　　　　↓

例1 私は　火を　消しました。
わたし　ひ　　け
我把火弄熄了。

> 又動作有涉及的對象，所以「火」的後面，要接助詞「を」來表示目的語！

> 我把火弄熄了！火是因為我這一人為的動作而被熄了，所以用他動詞「消しました」（弄熄了）。

👉 文法應用例句 ••••••••••••••••••••••••••••••••••••

2 打開門。

ドアを　開けます。
　　　　あ

★由於「打開門」是人為因素，所以用他動詞「開けます」。

3 把錢包放進提包裡。

かばんに　財布を　入れます。
　　　　　さいふ　い

★由於「放進提包裡」是人為因素，所以用他動詞「入れます」。

4 請問可以告訴我您的姓名和電話嗎？

名前と　電話番号を　教えて　くださいませんか。
なまえ　でんわばんごう　おし

★由於「告訴我資料」是人為因素，用他動詞配合「くださいませんか」句型「教えてくださいませんか」。

5 我想和其他人結婚，快點忘了那個人。

ほかの　人と　結婚して　あの　人を　早く　忘れたいです。
　　　　ひと　けっこん　　　　ひと　はや　わす

★由於「把某人忘記」是人為因素，用他動詞配合「たい」句型「忘れたいです」。

日文小秘方

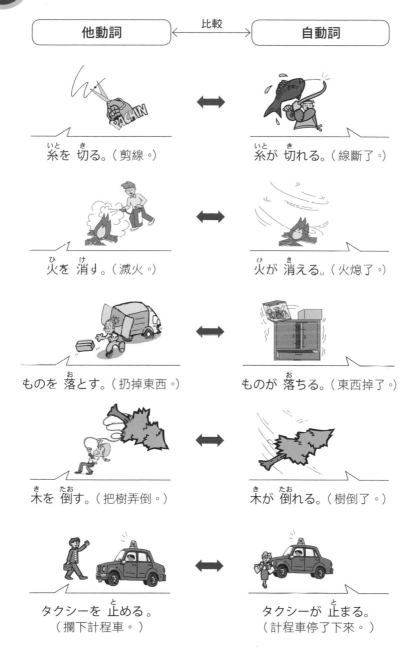

| 他動詞 | ← 比較 → | 自動詞 |

糸を 切る。（剪線。） ⟺ 糸が 切れる。（線斷了。）

火を 消す。（滅火。） ⟺ 火が 消える。（火熄了。）

ものを 落とす。（扔掉東西。） ⟺ ものが 落ちる。（東西掉了。）

木を 倒す。（把樹弄倒。） ⟺ 木が 倒れる。（樹倒了。）

タクシーを 止める。
（攔下計程車。）
⟺
タクシーが 止まる。
（計程車停了下來。）

動詞「て」形的變化如下：

	辞書形	て形	辞書形	て形
一段動詞	みる おきる きる	みて おきて きて	たべる あげる ねる	たべて あげて ねて
五段動詞	いう あう かう	いって あって かって	あそぶ よぶ とぶ	あそんで よんで とんで
	まつ たつ もつ	まって たって もって	のむ よむ すむ	のんで よんで すんで
	とる うる つくる	とって うって つくって	しぬ	しんで
	＊いく	いって	かく きく はたらく	かいて きいて はたらいて
	はなす かす だす	はなして かして だして	およぐ ぬぐ	およいで ぬいで
不規則動詞	する 勉強します	して 勉強して	くる	きて

＊：例外

說明：

1. 一段動詞很簡單只要把結尾的「る」改成「て」就好了。

2. 五段動詞以「う、つ、る」結尾的會發生「っ」促音便。以「む、ぶ、ぬ」結尾的會發生「ん」撥音便。以「く、ぐ」結尾的會發生「い」音便。以「す」結尾的會發生「し」音便。

grammar 007

動詞＋て

Track 096

1. 因為；2. 又…又…；3.…然後；4. 用…；5.…而…

接續方法▶ {動詞て形}＋て

1 **【原因】**「動詞＋て」可表示原因，但其因果關係比「から」、「ので」還弱，如例（1）。

2 **【並列】**單純連接前後短句成一個句子，表示並舉了幾個動作或狀態，如例（2）。

3 **【動作順序】**用於連接行為動作的短句時，表示這些行為動作一個接著一個，按照時間順序進行，如例（3）。

4 **【方法】**表示行為的方法或手段，如例（4）。

5 **【對比】**表示對比，如例（5）。

原因　　　　動詞て形　　　結果……原因
↓　　　　　　↓　　　　　　↓

例1 宿題を　家に　忘れて、困りました。
(しゅくだい)(いえ)(わす)(こま)

忘記帶作業來了，不知道該怎麼辦才好。

到學校才發現，天啊！昨天好不容易做好的功課，結果忘記帶來學校啦！一定會被老師罵慘的！

這句話用「動詞＋て」的形式，表示原因「宿題を家に忘れた」（忘記帶作業來了）。

☞ 文法應用例句 ••••••••••••••••••••••••

2 晚上喝喝酒，看看電視。

夜は　お酒を　飲んで、テレビを　見ます。
(よる)(さけ)(の)(み)

★用「飲ん＋で」，表示並舉了幾個動作「喝酒、看電視」。

3 說完「我開動了」然後吃飯。

「いただきます」と　言って　ご飯を　食べます。
(い)(はん)(た)

★用「言っ＋て」，表示時間順序先說「我開動了」再吃飯。

4 打開暖爐讓房間變暖和。

ストーブを　つけて、部屋を　暖かく　します。
(へや)(あたた)

★用「つけ＋て」，表示方法是「打開暖爐」。

5 夏天到海邊游泳，冬天到山裡滑雪。

夏は　海で　泳いで、冬は　山で　スキーを　します。
(なつ)(うみ)(およ)(ふゆ)(やま)

★用「泳い＋で」，列出兩個對比的情況。

動詞＋ています

正在…

接續方法 ▶ {動詞て形}＋います

【動作的持續】表示動作或事情的持續，也就是動作或事情正在進行中。

動詞　動作進行中……動作或事情的持續
↓　　　↓

例1　伊藤さんは　電話を　して　います。
いとう　　でんわ

伊藤先生在打電話。

不好意思伊藤先生，部長有事情要找你…咦？原來在忙著講電話啊！

所以用「動詞＋ています」的形式，也就是「電話をしています」（正在打電話）了。

☞ 文法應用例句 ●

2　金同學正在做功課。

キムさんは　宿題を　やって　います。
　　　　　しゅくだい　┌功課┐　┌─做─┐

★用「やっ＋ています」，表示金同學「正在做」家庭作業這一動作。

3　藤本小姐正在看書。

藤本さんは　本を　読んで　います。
ふじもと　　ほん　よ
　　　　　┌書籍┐　┌─閱讀─┐

★用「読ん＋でいます」，表示藤本小姐「正在看」書這一動作。

4　爸爸現在正在洗澡。

お父さんは　今　お風呂に　入って　います。
とう　　　いま　ふろ　　はい
┌─父親─┐　　　┌洗澡水┐

★用「入っ＋ています」，表示爸爸現在「正在洗」澡這一動作。

5　現在在做什麼？

今　何を　して　いますか。
いま　なに
┌現在┐　　┌做(事)┐

★用「し＋ています」，表示詢問對方現在「正在做」什麼？

動詞＋ています

都…

接續方法 ▶ {動詞て形}＋います

【動作的反覆】跟表示頻率的「毎日、いつも、よく、時々」等單詞使用，
就有習慣做同一動作的意思。

　　頻率副詞　　　　　　　動詞　　做同一動作……習慣做同一動作
　　　　↓　　　　　　　　↓　　　　↓
例1　**毎日　6時に　起きて　います。**

我每天6點起床。

早睡早起身體好！我
每天都6點起床。

這句話裡，雖然起床只有一次。
但因為是重複性的動作，也可
以當作是有繼續性的事情。

☞ 文法應用例句 ●●●●●●●●●●●●●●●●●●●●●●●●●●●●●●●

2　每天早上習慣喝紅茶。

┌每天早上┐┌總是┐┌紅茶┐
毎朝　　いつも　紅茶を　飲んで　います。
まいあさ　　　　こうちゃ　　の

★用「いつも～飲んでいます」表示說話人每天早晨「都會喝」的習慣。

3　她總是為錢煩惱。

┌她┐　　　　　　　　┌煩惱┐
彼女は　いつも　お金に　困って　います。
かのじょ　　　　かね　こま

★用「いつも～困っています」表示她因金錢問題「一直處於困惑」的狀態。

4　我常和高中的朋友見面。

　　　┌高中┐┌朋友┐
よく　高校の　友人と　会って　います。
　　　こうこう　ゆうじん　あ

★用「よく～会ってい
ます」表示說話人和高
中的朋友「經常見面」。

5　偶爾會做做運動。

┌有時┐　┌運動┐
ときどき　スポーツを　して　います。

★用「ときどき～しています」表示「有時會做」運動，雖不定期但具反覆性。

grammar 010 動詞＋ています

做…、是…

Track 099

類義表現
動詞＋ています
（習慣性）
習慣做同一動作

接続方法 ▶ {動詞て形} ＋います

【工作】接在職業名詞後面，表示現在在做什麼職業。也表示某一動作持續到現在，也就是說話的當時。

主語　　　　　　　　對象　　動詞　動作持續……現在做什麼職業
↓　　　　　　　　　↓　　　↓　　↓　　　　↓

例1 兄は アメリカで 仕事を して います。
あに　　　　　　　　しごと

哥哥在美國工作。

哥哥在美國工作這一動作，持續到現在。

所以可以用「動詞＋ています」的形式來表示。

👉 文法應用例句 ••••••••••••••••••••••••

2 我在貿易公司上班。

貿易┐┌公司┐　　┌上班┐
貿易会社で 働いて います。
ぼうえきがいしゃ　はたら

★用「働いています」表一直在工作的持續狀態，也就是在貿易公司工作。

3 姊姊今年起在銀行服務。

┌姊姊┐　┌今年┐　　┌銀行┐　┌工作┐
姉は 今年から 銀行に 勤めて います。
あね　　ことし　　ぎんこう　つと

★用「勤めています」表姊姊從今年開始至今，一直在銀行工作的持續狀態。

4 李小姐在教日文。

　　　　┌日語┐　┌教授┐
李さんは 日本語を 教えて います。
リ　　　にほんご　おし

★用「教えています」表一直在教書的持續狀態，也就是從事的工作是教書。

5 村山先生以畫漫畫維生。

　　　　　┌漫畫┐　┌畫畫┐
村山さんは マンガを 描いて います。
むらやま　　　　　　か

★用「描いています」，表一直在畫漫畫的持續狀態，也就是以畫漫畫為職業。

166

動詞＋ています

已…了

類義表現

動詞＋ておきます
事先…

接續方法▶ {動詞て形}＋います

【狀態的結果】表示某一動作後狀態的結果還持續到現在，也就是說話的當時。

動詞　　動作後……動作後結果或狀態的持續
↓　　　　↓

例1 机の　下に　財布が　落ちて　います。
つくえ　した　さいふ　お

錢包掉在桌子下面。

> 錢包掉了，是經過一段時間後，由某人發現了。這一狀態是在說話之前發生的結果，而這一動作結果還存在的狀態。

> 咦？這錢包怎麼掉在桌下？

👉 文法應用例句 ••••••••••••••••••••••••••••••••

2

有關冷氣。

┌─冷氣─┐　　┌─啟動─┐
クーラーが　点いて　います。
　　　　　　つ

★用「点い＋ています」表示「空調」正在運轉這一狀態的持續。

3

窗戶是關著的。

┌窗戶┐　┌──關閉──┐
窓が　閉まって　います。
まど　し

★用「閉まっ＋ています」表示現在「窗戶」正關著的狀態。

4

牆壁上掛著畫。

┌牆壁┐　┌畫┐　┌─掛，吊─┐
壁に　絵が　かかって　います。
かべ　え

★用「かかっ＋ています」表示現在「牆壁上」正掛著畫的狀態。

5

朴先生今天戴著帽子。

　　　　　　　　┌帽子┐　　┌─戴─┐
パクさんは　今日　帽子を　かぶって　います。
　　　　　　きょう　ぼうし

★用「かぶっ＋ています」表示現在朴先生正在戴着「帽子」的狀態。

動詞ないで

1.沒…就…；2.沒…反而…、不做…，而做…

接續方法▶ {動詞否定形}＋ないで

1【附帶】表示附帶的狀況，也就是同一個動作主體的行為「在不做…的狀態下，做…」的意思，如例（1）～（4）。

2【對比】用於對比述說兩個事情，表示不是做前項的事，卻是做後項的事，或是發生了後項的事，如例（5）。

```
              動詞否定形ないで
        行為（附帶）      行為……附帶狀況
```

例1 りんごを 洗わないで 食べました。
あら   た

蘋果沒洗就吃了。

喂！蘋果怎麼沒洗就吃了。

這句話是説，吃蘋果這一狀態，附帶了「りんごを洗わないで」
あら
（沒洗蘋果）這一狀態。

☞ **文法應用例句** ••••••••••••••••••••••••••••••••

2
沒有讀書就去考試了。

┌─考試─┐ ┌─應（試）了─┐
勉強しないで テストを 受けました。
べんきょう   う

★表示在「勉強しないで」的狀態下，就參加了考試。

3
沒帶錢包就去買東西了。

┌錢包┐ ┌攜帶┐   ┌─購物─┐
財布を 持たないで 買い物に 行きました。
さいふ も   か もの い

★表示在「財布を持たないで」的狀態下，就去買東西。

4
昨天晚上沒有刷牙就睡覺了。

┌─昨晚─┐   ┌牙齒┐ ┌刷（牙）┐   ┌─睡了─┐
ゆうべは 歯を 磨かないで 寝ました。
       は みが   ね

★表示在「歯を磨かないで」的狀態下，就去睡覺。

5
平常早餐都吃飯，但今天早上吃的不是飯而是麵包。

┌早上┐   ┌今朝┐ ┌米飯┐   ┌麵包┐
いつも 朝は ご飯ですが、今朝は ご飯を 食べないで パンを 食べました。
     あさ はん   けさ   はん   た   た

★「ないで」表示對比前後兩件事，今天沒有吃飯，而是直接吃了麵包。

動詞なくて

因為沒有…、不…所以…

類義表現
──────────
動詞ないで
在不做…的狀態下，做…

接續方法 ▸ {動詞否定形}＋なくて

【原因】表示因果關係。由於無法達成、實現前項的動作，導致後項的發生。

原因　　　結果……因果關係
　↓　　　　↓

例1 前に　日本語を　勉強しましたが、使わなくて　忘れました。
　　　　まえ　にほんご　　べんきょう　　　　つか　　　　　　わす

之前有學過日語，但是沒有用就忘了。

我記得你學過日語吧，這
週末可以當我的翻譯嗎？
要帶一個日本客戶出去玩。

人家以前是日文系的，
但是太久沒用，已經忘
得差不多了！

「なくて」前接動詞否定形，表示
因為前項（沒有用日語）此理由，
導致後項（忘記日語）這一結果。

👉 文法應用例句 ‧‧‧‧‧‧‧‧‧‧‧‧‧‧‧‧‧‧‧‧‧‧‧‧‧‧‧‧‧‧‧‧‧‧‧‧‧‧

2 功課寫不完，所以我還沒睡。

┌作業┐　┌完了┐　　　　　　　┌不睡┐
宿題が　終わらなくて、まだ　起きて　います。
しゅくだい　お　　　　　　　　　　　　　　お

★用「終わら＋なくて」表示因為習題還沒完成，所以還沒睡覺。

3 一直都無法懷孕，所以去看醫生。

┌孩子┐　┌有了┐　　　　┌醫生┐
子どもが　できなくて、医者に　行って　います。
こ　　　　　　　　　　　　いしゃ　　い

★用「でき＋なくて」表示因為無法懷孕，所以去看醫生。

4 遲遲沒有下雨，院子裡的花都枯了。

┌雨┐　　　　　　┌院子┐┌花朵┐　┌─枯萎了─┐
雨が　降らなくて、庭の　花が　枯れました。
あめ　ふ　　　　　　にわ　はな　か

★用「降ら＋なくて」表示因為不下雨，所以花都枯了。

5 巴士一直沒來，結果上學遲到了。

┌公車┐　┌到來┐　　　　┌──遲到了──┐
バスが　来なくて、学校に　遅れました。
　　　　こ　　　　　がっこう　おく

★用「来＋なくて」表示因為巴士一直沒來，所以遲到了。

自動詞＋ています

…著、已…了

接續方法▶ ｛自動詞て形｝＋います

【動作的結果－無意圖】表示跟目的、意圖無關的某個動作結果或狀態，還持續到現在。相較於「他動詞＋てあります」強調人為有意圖做某動作，其結果或狀態持續著，「自動詞＋ています」強調自然、非人為的動作，所產生的結果或狀態持續著。

主語　　自動詞　　動作後（結果或狀態）……無意圖做的
　↓　　　　↓　　　　　　↓

例1 空に 月が 出て います。

夜空高掛著月亮。

> 好美的夜空喔！還有月亮呢！夜空高掛著月亮。是一種自然的現象，所以用自動詞「出る」（出來）。

> 而這一狀態是在說話之前發生的，且這一動作狀態還持續到現在。

☞ 文法應用例句

2

房間裡電燈開著。

┌房間┐　┌電燈┐　┌點（燈）┐
部屋に 電気が 点いて います。
へ や　　でん き　　つ

★「ています」表示燈開著「電気が点いて(自動詞)」，這個狀態的持續。

3

書掉了。

┌書本┐　┌掉落┐
本が 落ちて います。
ほん　　お

★「本が落ちています」是書掉下來了，並且還在那裡（沒有被人拾起）的狀態。

4

時鐘慢了。

┌時鐘┐　┌慢了┐
時計が 遅れて います。
と けい　　おく

★「遅れています」表示時鐘「慢了」且持續到了現在。

5

花朵綻放著。

┌花朵┐　┌綻放┐
花が 咲いて います。
はな　　さ

★「咲いています」表示花已經開放，而且現在還在開著。

grammar
015
Track 104

他動詞＋てあります
…著、已…了

接續方法▶ {他動詞て形}＋あります

【**動作的結果－有意圖**】表示抱著某個目的、有意圖地去執行，當動作結束之後，那一動作的結果還存在的狀態。相較於「ておきます」（事先…）強調為了某目的，先做某動作，「てあります」強調已完成動作的狀態持續到現在。

　　　　話題　　　　　　　他動詞　　　動作後（結果或狀態）……有意圖做的
　　　　 ↓　　　　　　　　 ↓　　　　　　　 ↓

例1 お弁当は　もう　作って　あります。
　　べんとう　　　　つく

便當已經作好了。

所以這句話用「作る」（做）這一個有意圖性的他動詞。由於便當做好了這一動作的結果還存在，所以用「作って＋あります」的形式。

為了讓孩子在學校吃午餐，而做好便當。

☞ 文法應用例句 ‥‥‥‥‥‥‥‥‥‥‥‥‥‥‥‥‥

2
　有買砂糖。

┌砂糖┐　┌購買┐
砂糖は　買って　あります。
さとう　　か

★他動詞「買って」接「あります」表「買」動作已完成，結果仍存在「已經買了」。

3
　肉和蔬菜已經切好了。

┌肉類┐　┌蔬菜┐　┌切┐
肉と　野菜は　切って　あります。
にく　や さい　　き

★「切ってあります」表示肉和蔬菜已經被切好了，現在仍保持這個狀態。

4
　「請去把2樓的窗戶關上。」「已經關好了。」

┌樓層┐┌窗戶┐┌關閉┐
「2階の　窓を　閉めて　きて　ください。」「もう　閉めて　あります。」
にかい　まど　し　　　　　　　　　　　　　し

★「閉めてあります」表示窗戶已經被關上了，現在仍保持這個狀態。

5
　水果已經放在冰箱裡了。

┌水果┐　┌冰箱┐　┌放入┐
果物は　冷蔵庫に　入れて　あります。
くだもの　れいぞう こ　い

★「入れてあります」表示水果已經被放入冰箱了，現在仍保持這個狀態。

名詞

　　表示人或事物名稱的詞，多由一個或一個以上的漢字構成，也有漢字和假名混寫的，或只寫假名的。名詞沒有詞形變化，可在句中當做主語、受詞或定語。

一、日語名詞語源有：

1. 日本固有的名詞

　　水（みず）　　花（はな）　　人（ひと）　　山（やま）

2. 漢字音讀的詞（來自中國的漢字）

　　先生（せんせい）　　　教室（きょうしつ）
　　中国（ちゅうごく）　　　辞典（じてん）

3. 日本自造的漢字詞（和製漢字）

　　畑（はたけ）　　辻（つじ）　　　峠（とうげ）

4. 外來語名詞（一般不含從中國引進的漢字）

　　バス（bus）　　　　　　テレビ（television）
　　ギター（guitar）　　　　コップ（cup）

二、日語名詞的構詞法有：

1. 單純名詞

　　頭（あたま）　　　　ノート（note book）
　　机（つくえ）　　　　月（つき）

2. 複合名詞

　　名詞＋名詞－縞馬（しまうま）
　　形容詞詞幹＋名詞－大雨（おおあめ）
　　動詞連用形＋名詞－飲み物（のみもの）
　　名詞＋動詞連用形－金持ち（かねもち）

3. 派生名詞

　　重さ（おもさ）　　　　遠さ（とおさ）
　　立派さ（りっぱさ）　　白さ（しろさ）

外來語

　　日語中的外來語，主要指從歐美語言中音譯過來的（習慣上不把從中國吸收的漢語看作外來語），其中多數來自英語。書寫時，基本上只能用片假名。但是，有一些外來語，由於很早以前就從歐美引進了，當時就以平假名或漢字書寫並保留到現在的。例：たばこ（タバコ［tabaco］）、珈琲（コーヒー［koffie］）。例如：

一、來自各國的外來語

1. 來自英語的外來語

　　バス［bus］（公共汽車）　　　テレビ［television］（電視）

2. 來自其他語言的外來語

　　パン（麵包〈葡萄牙語〉）　　　マラカス（響葫蘆〈西班牙語〉）
　　コップ（杯子〈荷蘭語〉）

二、外來語的分類

1. 純粹的外來語─不加以改變，按照原意使用的外來語。例如：

　　アイロン［iron］（熨斗）　　　カメラ［camera］（照相機）

2. 日式外來語─以英語詞彙為素材，創造出來的日式外來語。這種詞彙雖貌似英語，但卻是英語所沒有的。例如：

　　auto+bicycle →オートバイ（摩托車）
　　back+mirror →バックミラー（後照鏡）
　　salaried+man →サラリーマン（上班族）

3. 轉換詞性的外來語─

　　把外來語的意義或形態部分加以改變，例如：

　　アパート（公寓）　　　マンション（高級公寓）

　　或添加具有日語特徵成分的詞語。例如，把具有動作性質的外來語用「外來語＋する」的方式轉變成動詞。

　　テストする（測驗）　　　ノックする（敲門）　　　キスする（接吻）

　　還有，把外來語加上「る」，使其成為五段動詞，為口語化的用法。

　　メモる（做筆記）　　　サボる（怠工）　　　ミスる（弄錯）

Practice • 6

問題一	問題　（　）の　ところに　なにを　いれますか。1・2・3・4から　いちばん　いい　ものを　1つ　えらびなさい。

1 かぜで　まど（　　）あきました。
　　1　を　　　　　2　で　　　　　3　が　　　　　4　に

2 あついですね。まど（　　）あけて　ください。
　　1　を　　　　　2　で　　　　　3　が　　　　　4　に

3 でんき（　　）けして　ください。
　　1　を　　　　　2　で　　　　　3　が　　　　　4　に

4 とつぜん　でんき（　　）きえました。
　　1　を　　　　　2　で　　　　　3　が　　　　　4　に

5 くつを　（　　）そとに　でました。
　　1　はく　　　2　はいで　　　3　はいて　　　4　はきます

6 あさ　（　　）、すぐ　かおを　あらいます。
　　1　おきました　　　　　　　　2　おきて
　　3　おきます　　　　　　　　　4　おきに

7 「しりょうは　よういして（　　）か。」「いいえ、まだです。」
　　1　いきます　2　あります　3　いります　　4　ありません

8 かちょうは　いま　でんわに（　　）。
　　1　でて　あります　　　　　　2　でて　います
　　3　でて　ありません　　　　　4　でて　います

9 かないは　かいものに　（　　）。
　　1　いきましょう　　　　　　　2　いって　います
　　3　いきますか　　　　　　　　4　いて　います

10	テーブルの　うえに　コップが　（　　）。

1　おいて　います　　　　　　2　おいて　あります

3　おきます　　　　　　　　　4　います

11	わたしの　ケーキを　（　　）　ください。

1　たべなくて　　　　　　　　2　たべないで

3　たべません　　　　　　　　4　たべない

12	きょうかしょを　（　　）　こたえて　ください。

1　みます　　2　みないで　　3　みまして　　4　みました

問題二	問題　どの　こたえが　いちばん　いいですか。1・2・3・4から　いちばん　いい　ものを　1つ　えらびなさい

1	「はいざらを　くださいませんか。」「ここで　たばこは　（　　）　ください。」

1　すって　　2　すいます　　3　すわないで　4　すいません

2	「いとうさんは　いますか。」「すみません　いま　ほかの　かいしゃに　（　　）。」

1　いきます　　　　　　　　　2　いって　います

3　いって　あります　　　　　4　いって　おきます

3	「この　たんごの　いみが　わかりません。」「じしょで　（　　）　ください。」

1　しらべる　　　　　　　　　2　しらべます

3　しらべないで　　　　　　　4　しらべて

4	「よるは　なにを　しますか。」「かぞくと　ばんごはんを　（　　）　テレビを　みます。」

1　たべますて　　　　　　　　2　たべるて

3　たべて　　　　　　　　　　4　たべに

問題三　　問題　どの　こたえが　いちばん　いいですか。1・2・3・4
　　　　　からいちばん　いい　ものを　えらびなさい。

1　A「あついですね。まどを（　　　　　　　　）。」
　　　B「あ、ありがとう　ございます。」
　1　あけませんか　　　　　　　　2　あけましょうか
　3　しめませんか　　　　　　　　4　しめましょうか

2　A「くらいですね。でんきを（　　　　　　　　）。」
　　　B「はい、わかりました。」
　1　つけません　　　　　　　　　2　つけました
　3　つけて　ください　　　　　　4　つけないでしょう

3　A「さとうさんは　いますか。」
　　　B「すみません、いま　おふろに（　　　　　　）。」
　1　はいりません　　　　　　　　2　はいって　います
　3　はいりましたか　　　　　　　4　はいりませんか

4　A「すみません、きょうかしょを（　　　　　　）。」
　　　B「じゃ、となりの　クラスの　ひとに　かりて　ください。」
　1　かします　　　　　　　　　　2　あります
　3　わすれました　　　　　　　　4　ありません

5　A「おんせんですか。いいですね。（　　　　　　　）。」
　　　B「かぞくと　いきました。」
　1　どこへ　いきましたか　　　2　だれと　いきましたか
　3　いつ　いきましたか　　　　4　どうして　いきましたか

句型

▶▶▶ 内容

名詞をください

1. 我要…、給我…；2. 給我（數量）…

接續方法▸｛名詞｝＋をください

1【請求－物品】表示想要什麼的時候，跟某人要求某事物，如例（1）～（3）。

2〖～を數量ください〗要加上數量用「名詞＋を＋數量＋ください」的形式，外國人在語順上經常會説成「數量＋の＋名詞＋をください」，雖然不能説是錯的，但日本人一般不這麼説，如例（4）、（5）。

某物　　　　　我要……跟某人要求某物
↓　　　　　　↓

例1 ジュースを　ください。
我要果汁。

歡迎光臨！
您要點什麼？

店員問你要點什麼？只要在「をください」前面，加上自己想要的東西，就可以了。

☞ 文法應用例句 ···

2
請給我紅蘋果。

┌紅色的┐　┌─蘋果─┐
赤い　りんごを　ください。
あか

★表示想要紅蘋果，就加在「をください」前。

3
不好意思，請給我筷子。

┌──不好意思──┐　┌筷子┐
すみません、お箸を　ください。
　　　　　　　　はし

★表示想要筷子，就加在「をください」前。

4
請給我一張紙。

┌紙張┐　　┌張┐
紙を　1枚　ください。
かみ　いちまい

★表示想要一張紙，就把數量詞「1枚」加在「ください」前。

5
請給我一點水。

┌水┐　┌少許┐
水を　少し　ください。
みず　すこ

★表示想要一點水，就把份量「少し」加在「ください」前。

grammar 002

動詞てください

Track 106 請…

接續方法▶ {動詞て形}＋ください

【請求－動作】表示請求、指示或命令某人做某事。一般常用在老師對學生、上司對部屬、醫生對病人等指示、命令的時候。

例1
```
        某事                  請做……請求某人做某事
         ↓                        ↓
```
口を 大きく 開けて ください。
くち　おお　　あ

請把嘴巴張大。

> 醫生指示病人張開嘴巴，而病人當然要按照醫生的指示去做囉！

> 只是「てください」也不算是強制性的，決定權還是在病人身上。

☞ 文法應用例句 ••••••••••••••••••••••••••••••••••••••

2 這道題目我不知道該怎麼解，麻煩教我。

この 問題が 分かりません。 教えて ください。
　　　もんだい　　わ　　　　　　　おし

★由於我不懂這個問題，所以用「教えてください」請求對方教導。

3 請到書店買一本雜誌回來。

本屋で 雑誌を 買って きて ください。
ほんや　ざっし　か

★「買ってきてください」表示請到書店買雜誌，並把它帶回來。「動詞て＋くる」表去了再回來。

4 用餐前請先洗手。

食事の 前に 手を 洗って ください。
しょくじ　まえ　て　あら

★「洗ってください」表示請求對方在吃飯之前洗手。

5 請大聲朗讀。

大きな 声で 読んで ください。
おお　　こえ　よ

★「読んでください」表示請求對方大聲朗讀。

動詞ないでください

1. 請不要…；2. 請您不要…

1 【請求不要】{動詞否定形}＋ないでください。表示否定的請求命令，請求對方不要做某事，如例（1）～（3）。

2 【婉轉請求】{動詞否定形}＋ないでくださいませんか。為更委婉的説法，表示婉轉請求對方不要做某事，如例（4）、（5）。

某事　　　　　　請不要做……否定的請求
　↓　　　　　　　　　↓

例1 写真を 撮らないで ください。
　　しゃしん　と
　　請不要拍照。

在日本很多公共場所都是禁止拍攝的喔！

請對方不要拍照就用這句話。

☞ 文法應用例句 ••••••••••••••••••••••••••••

2 上課時請不要講話。

┌上課┐　　┌─講話─┐
授業中は　しゃべらないで　ください。
じゅぎょうちゅう

★正在上課，所以用「しゃべらないでください」，要求對方請不要說話。

3 成年人請勿騎乘。

┌大人┐　┌騎乘┐
大人は　乗らないで　ください。
おとな　　の

★「乗らないでください」表示請不要讓「成年人」乘坐。

4 可以麻煩不要關燈嗎？

┌電燈┐　┌熄（燈）┐
電気を　消さないで　くださいませんか。
でん き　　け

★「ないでくださいませんか」的作用委婉、客氣地請求對方不要關「燈」。

5 可以麻煩不要發出很大的聲音嗎？

┌巨大的┐┌聲音┐┌發出┐
大きな　声を　出さないで　くださいませんか。
おお　　こえ　だ

★「出さないでくださいませんか」是委婉、有禮地請求對方不要發出「大的聲響」。

動詞てくださいませんか

能不能請您…

接續方法 ▶ {動詞て形}＋くださいませんか

【客氣請求】跟「てください」一樣表示請求，但說法更有禮貌。由於請求的內容給對方負擔較大，因此有婉轉地詢問對方是否願意的語氣。也使用於向長輩等上位者請託的時候。

某事　　　　　　　　　能不能請您（幫我）……禮貌的請求
↓　　　↓　　　　　　　　　　　　↓

例1 お名前を　教えて　くださいませんか。

能不能告訴我您的尊姓大名？

會席上，看到 A 公司的老闆。為了拉生意，趕快上前打聲招呼。

跟「てください」（對方應當照做）相比，「てくださいませんか」可以用在對方不一定要照著做的時候，所以說法更客氣。

👉 文法應用例句 ∙∙∙∙∙∙∙∙∙∙∙∙∙∙∙∙∙∙∙∙∙∙∙∙∙∙∙∙∙∙∙∙∙∙∙∙∙

2 可以把醬油遞給我嗎？

┌醬油┐　　┌拿取┐
しょう油を　取って　くださいませんか。
　　　　ゆ　　　と

★禮貌、委婉的請對方幫忙拿醬油，就用「取ってくださいませんか」。

3 能否請您寫下電話號碼？

　┌號碼┐　　┌書寫┐
電話番号を　書いて　くださいませんか。
でん わ ばんごう　　か

★委婉、客氣地請對方寫下電話號碼，就用「書いてくださいませんか」。

4 能否請您一起去東京？

┌東京┐　┌一起┐
東京へ　一緒に　来て　くださいませんか。
とうきょう　いっしょ　き

★有禮、婉轉地邀約對方一起去東京，就用「来てくださいませんか」。

5 可以幫我看一下行李嗎？

┌一會兒┐ ┌行李┐ ┌照看┐
ちょっと　荷物を　見て　いて　くださいませんか。
　　　　にもつ　　み

★婉轉、客氣地請對方照看行李，就用「見ていてくださいませんか」。

動詞ましょう

1. 做…吧；2. 就那麼辦吧；3. …吧

接續方法 ▶ {動詞ます形}＋ましょう

1【勸誘】 表示勸誘對方跟自己一起做某事。一般用在做那一行為、動作，事先已經規定好，或已經成為習慣的情況，如例（1）～（3）。

2【主張】 也用在回答時，表示贊同對方的提議，如例（4）。

3【倡導】 請注意例（5），實質上是在下命令，但以勸誘的方式，讓語感較為婉轉。不用在說話人身上。

某動作　（一起）做吧……勸誘
↓　　　　↓

例1　ちょっと　休みましょう。

休息一下吧！

哥！「ちょっと休みましょう」（休息一下吧）！

一路爬山到這裡，真是累人。

☞ 文法應用例句 ••••••••••••••••••••••••••••••••••

2

就約9點半見面吧！

┌半┐　　┌見面┐
9時半に　会いましょう。
く じ はん　　あ

★「ましょう」是說話人友好、委婉表達了一起見面「会う」的提議。

3

下回一起小酌幾杯吧！

┌下次┐　　　　┌喝┐
今度　一緒に　飲みましょう。
こん ど　いっしょ　　の

★「ましょう」是說話人友好、委婉表達了一起小酌「飲む」的提議。

4

好的，就這麼做吧。

┌那樣┐┌辦┐
ええ、そうしましょう。

★表示贊同對方的提議，就用「そうし＋ましょう」。

5

請注意左右來車之後再過馬路喔！

┌右邊┐ ┌左邊┐ ┌仔細地┐　　　　　　┌道路┐ ┌穿越┐
右と　左を　よく　見て　から　道を　渡りましょう。
みぎ　　ひだり　　　　み　　　　　　　　みち　　わた

★「ましょう」表希望對方同意並遵循「注意左右來車之後再過馬路」的建議行動。

動詞ましょうか

1. 我來（為你）…吧；2. 我們（一起）…吧

接續方法▶ {動詞ます形}＋ましょうか

1 **【提議】**這個句型有兩個意思，一個是表示提議，想為對方做某件事情並徵求對方同意，如例（1）、（2）。

2 **【邀約】**另一個是表示邀請對方一起做某事，相當於「ましょう」，但是是站在對方的立場著想才進行邀約，如例（3）～（5）。

想為對方做的事……提議
↓

例1 大きな　荷物ですね。持ちましょうか。
　　　おお　　　にもつ　　　　　　も

好大件的行李啊，我來幫你提吧？

太太這行李這麼大，我來幫你提吧！

想要幫太人忙提行李，就用「持つ」加上「ましょう」來問問她吧。

☞ **文法應用例句** ･････････････････････････････････

2
真是辛苦啊！我來幫你吧！

┌辛苦的┐　　　┌幫忙┐
大変ですね。手伝いましょうか。
たいへん　　　てつだ

★禮貌、友善地表示給對方提供幫助的建議，就用「手伝い＋ましょうか」。

3
已經6點了呢，我們回家吧？

┌已經┐　┌點鐘┐
もう　6時ですね。帰りましょうか。
　　　ろくじ　　　　　かえ

★邀約對方跟自己一起回家，就用「帰り＋ましょうか」。

4
我們在公園吃便當吧？

┌公園┐　　┌便當┐
公園で　お弁当を食べましょうか。
こうえん　　べんとう　た

★邀請對方跟自己一起到公園吃便當，就用「食べ＋ましょうか」。

5
我們坐在這裡吧！

┌這裡┐　┌坐┐
ここに　座りましょうか。
　　　　すわ

★邀約對方跟自己在這裡坐下，就用「座り＋ましょうか」。

動詞ませんか
要不要…呢

接續方法▶{動詞ます形}＋ませんか

【勸誘】表示行為、動作是否要做，在尊敬對方抉擇的情況下，有禮貌地勸誘對方，跟自己一起做某事。

某動作　要不要（一起）做呢……勸誘
↓　　　　↓

例1 週末、遊園地へ　行きませんか。
しゅうまつ　ゆうえんち　　い

週末要不要一起去遊樂園玩？

學姊平常都很照顧我，聽說她很喜歡遊樂園，所以想約她去玩。

不知道她能不能挪出時間，那就用有禮貌的方式「行きませんか」約她吧！

☞ **文法應用例句** ●●●●●●●●●●●●●●●●●●●●

2　要不要搭計程車回去呢？

┌─計程車─┐
タクシーで　帰りませんか。
　　　　　　かえ

★語氣輕柔，禮貌邀對方一起搭計程車回去，就用「帰り＋ませんか」。

3　今晚要不要一起去吃飯？

┌今晚┐　┌用餐┐
今晚、食事に　行きませんか。
こんばん　しょくじ　　い

★客氣地邀請對方一起去吃飯，就用「行き＋ませんか」。

4　明天要不要一起去看電影？

┌明天┐　　　　┌電影┐　┌看┐
明日、一緒に　映画を　見ませんか。
あした　いっしょ　えいが　み

★禮貌地邀請對方一起去看電影，就用「見＋ませんか」。

5　要不要去散散步呢？

┌─一會兒─┐　┌散步┐
ちょっと　散歩しませんか。
　　　　　さんぽ

★友好地邀請對方一起去散步，就用「散歩し＋ませんか」。

grammar 008

Track 112

名詞がほしい

1. …想要… ; 2. 不想要…

類義表現

をください
我要…、給我…

接續方法▶ {名詞}＋が＋ほしい

1【希望－物品】 表示說話人（第一人稱）想要把什麼東西弄到手，想要把什麼東西變成自己的，希望得到某物的句型。「ほしい」是表示感情的形容詞。希望得到的東西，用「が」來表示。疑問句時表示聽話者的希望，如例（1）～（3）。

2〖否定－は〗 否定的時候較常使用「は」，如例（4）、（5）。

某物　　　　　想要……說話人想得到某物
↓　　　　　　　↓

例1 私は 自分の 部屋が 欲しいです。
わたし　じ ぶん　へ や　　ほ

我想要有自己的房間。

我都高中了，還要跟兩個弟妹睡一個房間。

「が欲しい」（想要…），表示說話人希望得到某物。至於，希望得到的東西「自己的房間」，要用「が」表示喔！

👉 文法應用例句 ·········

2

我想要新的洋裝。

┌嶄新的┐　┌西服┐
新しい 洋服が 欲しいです。
あたら　　ようふく　　ほ

★「ほしい」表說話人渴望得到「が」前的「洋服」，並讓對方提供協助。

3

我想要多一點的時間。

┌再更…┐　┌時間┐
もっと 時間が 欲しいです。
　　　　じ かん　　ほ

★「ほしい」表示說話人希望得到「が」前的「時間」。

4

不想買車。

┌汽車┐
車は 欲しく ないです。
くるま　ほ

★「欲しくないです」表示說話人對「汽車」沒有興趣不想要。

5

不想生小孩。

┌小孩子┐
子どもは 欲しく ありません。
こ　　　　ほ

★「欲しくありません」表示說話人不想要「孩子」。

動詞たい

1. 想要…；3. 想要…呢？；4. 不想…

接續方法 ▶ {動詞ます形}＋たい

1【希望－行為】表示說話人（第一人稱）內心希望某一行為能實現，或是強烈的願望，如例（1）。

2〖～が他動詞たい〗使用他動詞時，常將原本搭配的助詞「を」，改成助詞「が」，如例（2）。

3〖疑問句〗用於疑問句時，表示聽話者的願望，如例（3）。

4〖否定－たくない〗否定時用「たくない」、「たくありません」，如例（4）、（5）。

某願望　　　想要做（第一人稱）……說話人內心希望
　↓　　　　　　↓

例1 私は　医者に　なりたいです。
　　わたし　いしゃ

我想當醫生。

> 山田醫生醫術精湛，人又很酷！我長大以後要像山田醫生一樣。

> 看看這句話前面的動詞，原來他是想要「医者になる」（當醫生）呢！
> いしゃ

👉 **文法應用例句** ･････････････････････････

2

我想要吃水果。

┌水果┐
果物が　食べたいです。
くだもの　　た

★「たい」表達了說話人對吃水果的渴望，並期望對方給予協助。

3

想喝什麼呢？

　　┌飲用┐
何が　飲みたいですか。
なに　　の

★問對方想喝什麼，就用「飲み＋たい」吧。

4

不想喝酒。

┌酒┐
お酒は　飲みたく　ないです。
さけ　　の

★「たくない」的作用是強調說話人不想喝酒這件事。

5

覺得很累，所以不想出門。

┌疲憊┐　　　　┌出門┐
疲れて　いるので　出かけたく　ありません。
つか　　　　　　　で

★「たくありません」的作用是強調說話人因為疲倦，而不想外出。

とき

1. …的時候；2. 時候；3. 時、時候

---

1 **【同時】**{名詞＋の；形容動詞＋な；形容詞・動詞普通形}＋とき。表示與此同時並行發生其他的事情，如例（1）～（3）。

2 **【時間點－之後】**{動詞過去形＋とき＋動詞現在形句子}。「とき」前後的動詞時態也可能不同，表示實現前者後，後者才成立，如例（4）。

3 **【時間點－之前】**{動詞現在形＋とき＋動詞過去形句子}。強調後者比前者早發生，如例（5）。

同時發生其他事情

時間點　　　　　　　　　　　　　　動作……動作並行
↓　　　　　　　　　　　　　　　↓

例1　休みの　とき、よく　デパートに　行きます。
　　　やす　　　　　　　　　　　　　　い

休假的時候，我經常去逛百貨公司。

平常工作滿檔，都是藉由去百貨公司購物來消解壓力的！雖然扛回家很累，但是看到這堆戰利品，就好滿足！

是什麼時候去逛的呢？這時候只要看「とき」的前面，就知道囉，就是「休み」（休息）的時候啦！

👉 **文法應用例句** ·····························

2　10歲的時候住院了。

　　　┌歲┐　　┌時候┐　　┌──住院了──┐
　　　10歳の　とき、入院しました。
　　　じゅっさい　　　　にゅういん

★「とき」強調在「10歲」這一具體時間點，同時發生了「入院しました」這一事情。

3　有空時會去公園散步。

　　┌空閒的┐　　　┌公園┐　　┌散步┐
　　暇なとき、公園へ　散歩に　行きます。
　　ひま　　　　こうえん　さんぽ　　い

★「とき」強調說話人在「空閒」時，做了「去公園散步」這一事情。

4　每次搭新幹線列車的時候，總是會吃火車便當。

　┌新幹線┐　┌搭乘了┐　　　　　　　┌便當┐
　新幹線に　乗ったとき、いつも　駅弁を　食べます。
　しんかんせん　の　　　　　　　えきべん　た

★「とき」前接過去式，知道是「新幹線に乗った」之後，總是吃火車便當。

5　昨天搭新幹線列車時，也在月台買了火車便當。

　┌昨天┐　　　　　　　　　　┌月台┐　　　　┌購買了┐
　昨日も、新幹線に　乗るとき、ホームで　駅弁を　買いました。
　きのう　しんかんせん　の　　　　　　えきべん　か

★「とき」前接現在式，知道是「新幹線に乗る」之前，買了火車便當。

011 動詞ながら

Track 115

1. 一邊…一邊…；2. 一面…一面…

接續方法▶ {動詞ます形}＋ながら

1【同時】表示同一主體同時進行兩個動作，此時後面的動作一般是主要的動作，前面的動作為伴隨的次要動作，如例（1）～（3）。

2〔長期的狀態〕也可使用於長時間狀態下，所同時進行的動作，如例（4）、（5）。

```
                    同一人同時進行兩動作
           ┌─────────────────────────────┐
         次要動作                      主要動作……動作並行
           ↓                              ↓
```

例1 音楽を　聞きながら　ご飯を　作りました。
　　おんがく　き　　　　　　はん　　つく

一面聽音樂一面做了飯。

哇！山田太太心情很好，
還邊聽音樂邊做飯呢！

這句話知道「做飯」是山田
太太主要的動作，而「聽音樂」
是伴隨前面行為的次要動作。

☞ **文法應用例句** ●●●●●●●●●●●●●●●●●●●●●●●●●●●●●

2

一面唱歌一面走路了。

歌を　　歌いながら　歩きました。
うた　　うた　　　　　　ある

〔歌曲〕〔唱歌〕〔走路了〕

★「ながら」表主要動作「歩きました」，伴隨「歌を歌う」這一次要動作。兩動作同時進行。

3

一邊上廁所一邊看報紙。

トイレに　入りながら　新聞を　読みます。
　　　　　はい　　　　　しんぶん　　よ

〔廁所〕〔進入〕〔報紙〕〔閱讀〕

★「ながら」表主要動作「閱讀報紙」，伴隨「上廁所」這一次要動作。兩動作同時進行。

4

從中學畢業以後，一面白天工作一面上高中夜校，靠半工半讀畢業了。

中学を　出てから、昼間は　働きながら　夜　高校に　通って　卒業しました。
ちゅうがく　で　　　ひるま　　はたら　　　よる　こうこう　かよ　　そつぎょう

〔國中〕〔畢業〕〔白天〕〔高中〕〔上學〕

★「ながら」表這個人在「白天工作」的同時，也兼顧去「上高中夜校」。

5

一方面在銀行工作，同時也從事小說寫作。

銀行に　勤めながら、小説も　書いて　います。
ぎんこう　つと　　　　しょうせつ　　か

〔工作〕〔小說〕〔撰寫〕

★「ながら」表長時間兼顧「銀行で勤める」和「小説を書く」兩件事。

grammar 012

Track 116

動詞てから

1. 先做…，然後再做…；2. 從…

類義表現

動詞たあとで

…以後…

接續方法▶ {動詞て形}＋から

1【動作順序】 結合兩個句子，表示動作順序，強調先做前項的動作或前項事態成立，再進行後句的動作，如例（1）～（3）。

2【起點】 表示某動作、持續狀態的起點，如例（4）、（5）。

強調前句

先做的動作（強調）　　　　　　後做的動作……動作順序

例 1 お風呂に　入って　から、晩ご飯を　食べます。

洗完澡後吃晚飯。

洗完澡以後，食慾就會大增。

這句話敘述「吃飯」前要幹什麼呢？強調要先「洗澡」啦！

☞ 文法應用例句 ••••••••••••••••••••••••••••••

2

做完作業之後才可以玩。

　　　┌─做─┐　　　　　┌─玩要─┐
宿題を　やって　から　遊びます。
しゅくだい　　　　　　　　　あそ

★「てから」表在完成前一動作「宿題をやる」後，再進行後一動作「遊びます」。

3

晚上刷完牙以後才睡覺。

┌晚上┐┌牙齒┐　┌─刷（牙）┐
夜、　歯を　磨いて　から　寝ます。
よる　　は　　みが　　　　　　　ね

★「てから」表這個人先完成「刷牙」這個動作，再完成「睡覺」這個動作。

4

這個月以來，每天都非常炎熱。

┌本月┐　┌進入（階段）┐　　　　　　┌─非常─┐
今月に　入って　から、毎日　とても　暑いです。
こんげつ　はい　　　　　　　まいにち　　　　　あつ

★「てから」表示這個人強調了在起點「進入本月」之後，每天的天氣都很熱。

5

自從開始學日語到現在，也才3個月而已。

┌─日語─┐　　　　　┌─開始┐　　　　　　┌（個）月┐
日本語の　勉強を　始めて　から、まだ　3ヶ月です。
にほんご　べんきょう　はじ　　　　　　　　さんかげつ

★「てから」強調了在起點「開始學習日語」的事件之後，到現在時間才3個月。

grammar 013

Track 117

動詞たあとで、動詞たあと

1. …以後…；2. …以後

接續方法▶ ｛動詞た形｝＋あとで；｛動詞た形｝＋あと

1【前後關係】 表示前項的動作做完後，做後項的動作。是一種按照時間順序，客觀敘述事情發生經過的表現，而前後兩項動作相隔一定的時間發生，如例（1）、（2）。

2〖繼續狀態〗 後項如果是前項發生後，而繼續的行為或狀態時，就用「あと」，如例（3）～（5）。

按時間順序

先做的動作　　　　　　　　後做的動作……動作順序
　　↓　　　　　　　　　　　　　↓

例1 子どもが　寝た　あとで、本を　読みます。

等孩子睡了以後會看看書。

呼～有了孩子之後，專屬自己的時間就減少了。

不過，只要可愛的孩子們「寝たあと」（睡了以後），就可以看一直想看的小說了。

☞ **文法應用例句** ••••••••••••••••••••••••••••••••••••

2 ┃打掃後出門去。

　　┌─打掃了─┐　　　　　┌──出門──┐
　　掃除したあとで、出かけます。
　　そうじ　　　　　　　で

★「たあとで」表先完成前一動作「掃除した」後，接著進行後一動作「出かけます」。

3 ┃開始上課以後，肚子忽然痛了起來。

　　　　　　┌──開始了──┐　　　　┌肚子┐　┌疼痛的┐
　　授業が　始まった　あと、お腹が　痛く　なりました。
　　じゅぎょう　はじ　　　　　　　なか　　いた

★「たあと」表示這個人強調了在「授課開始」事件後，「肚子痛了」。

4 ┃弟弟做完作業以後才看電視。

　┌弟弟┐　　　　　　　　　　┌─電視─┐　　┌看┐
　弟は、宿題を　したあと、テレビを　見て　います。
　おとうと　しゅくだい　　　　　　　　　み

★「たあと」表強調了在「做完作業」事件之後，弟弟「看電視」的動作一直持續。

5 ┃媽媽洗完澡以後會喝啤酒。

　┌─母親─┐　　　　┌─母親─┐　　　　　┌─啤酒─┐
　お母さんは、お風呂に　入ったあと、ビールを　飲んで　います。
　かあ　　　　ふろ　　はい　　　　　　　　　の

★「たあと」表示強調了媽媽在「お風呂に入った」事件後，「喝啤酒」。

名詞＋の＋あとで、名詞＋の＋あと

1. …後；2. …後、…以後

類義表現
名詞＋の ＋まえに …前

接續方法▶ {名詞}＋の＋あとで；{名詞}＋の＋あと

1【前後關係】 表示完成前項事情之後，進行後項行為，如例（1）～（3）。

2【順序】 只單純表示順序的時候，後面接不接「で」都可以。後接「で」有強調「不是其他時間，而是現在這個時刻」的語感，如例（4）、（5）。

先做的動作
↓

後做的動作 ⋯⋯⋯動作順序
↓

例1 トイレの　あとで　お風呂に　入ります。

上完廁所後洗澡。

我習慣上完廁所後再洗澡，這樣既乾淨又暢快。

用表示動作順序的「のあとで」（…後），表示前項是先做的動作「トイレ（省略了に行く）」（上廁所），後項是後做的動作「お風呂に入ります」（洗澡）。

👉 文法應用例句 ⋯⋯⋯⋯⋯⋯⋯⋯⋯⋯⋯⋯⋯⋯⋯⋯⋯⋯

2 做完功課後玩耍。

┌功課┐　　　　　┌玩樂┐
宿題の　あとで　遊びます。
しゅくだい　　　　あそ

★「のあとで」表示做完「宿題」之後，我會「玩」。

3 看完電視後睡覺。

┌電視┐　　　　　┌就寢┐
テレビの　あとで　寝ます。
　　　　　　　　　ね

★「のあとで」表示在看完「テレビ」之後，將要「寝ます」。

4 吃完飯以後喝茶。

┌飯食┐　　　　┌茶┐
ご飯の　あと、お茶を　飲みます。
はん　　　　　ちゃ　　の

★「のあと」表示強調了在「吃完飯」的情況下，接著「喝茶」。

5 今天工作結束後，要不要一起去喝一杯呢？

　　　　┌工作┐　　　　　┌喝┐　　┌前往┐
今日、仕事の　あと、飲みに　行きませんか。
きょう　しごと　　　　　　の　　　い

★「のあと」強調了在「工作」結束後，接著「一起去喝酒」的情況。

grammar 015

Track 119

動詞まえに

…之前，先…

類義表現

動詞てから

先做…，然後再做…；從…

接續方法▶ {動詞辭書形}＋まえに

1 **【前後關係】**表示動作的順序，也就是做前項動作之前，先做後項的動作，如例（1）～（3）。

2 〔**辭書形前に～過去形**〕即使句尾動詞是過去形，「まえに」前面還是要接動詞辭書形，如例（4）、（5）。

做前項之前，先做後項

後做的動作　　　　　　　　　先做的動作……動作順序
　　↓　　　　　　　　　　　　↓

例1 私は　いつも、寝る　前に　歯を　磨きます。
わたし　　　　　　　ね　　まえ　　は　　みが

我都是睡前刷牙。

> 「寝る」（睡覺）前，
> 先做什麼呢？

> 原來是先「歯を磨きます」（刷牙）啦！

☞ 文法應用例句 ·····························

2
要在天黑前回家。

┌昏暗的┐　┌轉變┐　　　　┌自家┐
暗く　なる　前に　うちに　帰ります。
くら　　　　まえ　　　　　かえ

★「まえに」表在「暗くなる」這時間段之前，要先執行「回家」的動作。

3
在接受N5測驗之前用功研讀。

　　　　　┌測驗┐　┌應（試）┐
N5の　テストを　受ける　前に、勉強します。
エヌご　　　　　　う　　　まえ　　べんきょう

★「前に」強調了在「參加考試」之前，進行「學習」的時間先後關係。

4
去朋友家前，先打了電話。

┌朋友┐　　　　　　　　　　┌電話┐　　┌撥打了┐
友達の　うちへ　行く　前に、電話を　かけました。
ともだち　　　　　い　　まえ　　でんわ

★「前に」強調了在「友達のうちへ行く（詞書形）」之前先「打」電話的時間先後關係。

5
在看電視之前吃了晚餐。

┌電視┐　┌觀看┐　　　　┌晚餐┐
テレビを　見る　前に、晩ご飯を　食べました。
み　　　まえ　　ばん　はん　　た

★「前に」強調了在「テレビを見る（詞書形）」之前先「吃晚餐」的時間先後關係。

名詞＋の＋まえに

…前、…的前面

類義表現

までに
在…之前、到…為止

接續方法 ▶ {名詞}＋の＋まえに

【前後關係】表示空間上的前面，或做某事之前先進行後項行為。

後做的動作
↓
先做的動作……動作順序
↓

例1 仕事の　前に　コーヒーを　飲みます。
しごと　　まえ　　　　　　　　　　　の

工作前先喝杯咖啡。

用表示動作順序的「の前に」(…之前)，表示前項是後做的動作「仕事」(工作)，後項是先做的動作「コーヒーを飲みます」(喝杯咖啡)。

聽説辦公前先喝杯咖啡，工作時可幫助減輕肩頸痠痛喔！

☞ 文法應用例句 ••••••••••••••••••••••••••••••

2
吃飯前先洗手。

┌用餐┐　　　┌手┐　┌─清洗─┐
食事の　前に　手を　洗います。
しょくじ　まえ　て　　あら

★「の前に」表示在「吃飯」這個事件發生之前，要執行「洗手」的動作。

3
讀書前先看電視。

┌學習┐　　　　┌─電視─┐
勉強の　前に　テレビを　見ます。
べんきょう　まえ　　　　　　　　み

★「の前に」在這裡強調了在「學習」之前，先「看看電視」的時間先後關係。

4
在打掃之前先洗衣服。

┌打掃┐　　　　┌洗衣┐
掃除の　前に　洗濯を　します。
そうじ　まえ　せんたく

★「の前に」連接「掃除する」和「洗濯をします」，表在打掃之前先洗衣服。

5
在買東西之前先去銀行。

┌─購物─┐　　　　┌─銀行─┐
買い物の　前に　銀行へ　行きます。
か　もの　まえ　ぎんこう　い

★「の前に」在這裡強調在「買い物」之前先「去銀行」的時間先後關係。

でしょう

1. 也許…、可能…；2. 大概…吧；3. …對吧

接續方法▶ {名詞；形容動詞詞幹；形容詞・動詞普通形}＋でしょう

1【推測】 伴隨降調，表示說話者的推測，說話者不是很確定，不像「です」那麼肯定，如例（1）、（2）。

2〔たぶん～でしょう〕 常跟「たぶん」一起使用，如例（3）。

3【確認】 表示向對方確認某件事情，或是徵詢對方的同意，如例（4）、（5）。

　　　　　　　某事　　　　大概（降調）吧……說話者的推測
　　　　　　　　↓　　　　　　　↓

例1 **明日は 風が 強いでしょう。**
　　　あした　かぜ　つよ

明天風很強吧！

根據氣象的一些資料、數據判斷，明天可能風很強吧！

「でしょう」伴隨降調，表示說話者的推測。

👉 **文法應用例句** ●●●●●●●●●●●●●●●●●●●●●●●●●●●●●●

2
「這件工作在明天之前有辦法完成嗎？」「可以，應該沒問題吧！」

「この 仕事、明日までに できますか。」「はい、大丈夫でしょう。」
　　　しごと　あした　　　　　　　　　　　だいじょうぶ

★沒問題吧？用「でしょう」伴隨降調，來表示說話人的主觀推測。

3
坂本先生大概不會來吧！

坂本さんはたぶん 来ないでしょう。
さかもと　　　　　こ

★「でしょう」表達說話人對於坂本先生「可能不會來」的主觀推測。

4
那樣不對吧？

それは 違うでしょう。
　　　　ちが

★「でしょう」表示說話人認為某事，有可能是不對的主觀推測。

5
這篇作文，是由爸爸或媽媽寫的吧？

この 作文、お父さんかお母さんが 書いたでしょう。
　　　さくぶん　とう　　　かあ　　　　　か

★「でしょう」表示說話人認為這篇作文可能是「你父母寫的」之不確定性推測。

動詞たり～動詞たりします

1. 又是…，又是…；3. 一會兒…，一會兒…；4. 有時…，有時…

接續方法▶ {動詞た形}＋り＋{動詞た形}＋り＋する

1 【列舉】可表示動作並列，意指從幾個動作之中，例舉出 2、3 個有代表性的，並暗示還有其他的，如例（1）、（2）。

2 〔動詞たり〕表義並列用法時，「動詞たり」有時只會出現一次，如例（3），但基本上「動詞たり」還是會連用兩次。

3 【反覆】表示動作的反覆實行，如例（4）。

4 【對比】用於説明兩種對比的情況，如例（5）。

補　充
「たり、～たりします」也可以接其他的詞性，如形容詞：お母さんは、優しかったり　怖かったりします。（媽媽有時候溫柔，有時候很兇。）；或名詞：朝ご飯は、ご飯だったりパンだったりします。（早餐有時候吃飯，有時候吃麵包。）

動作的並列

動作 1　　　　　　動作 2……暗示還有其他動作

例 1 休みの　日は、掃除を　したり　洗濯を　したり　する。

假日又是打掃、又是洗衣服等等。

假日都做些什麼事呢？

這句話雖然只説「打掃」跟「洗衣服」，但是暗示還有其他的。譬如「購物」之類的。

☞ 文法應用例句 ‧‧‧‧‧‧‧‧‧‧‧‧‧‧‧‧‧‧‧‧‧‧‧‧‧‧‧‧‧‧

2　在昨晚那場派對上吃吃喝喝又唱了歌。

┌昨晚┐　┌─派對─┐　　　　　┌唱了歌┐
ゆうべの　パーティーでは、飲んだり　食べたり　歌ったり　しました。

★ 列舉聚會中所做的活動有「飲む、食べる、歌う」3 件事外，暗示還有其他活動。

3　下回去台灣旅遊的時候，希望能去販賣台灣茶的茶行。

┌下次┐　┌旅行┐
今度の　台湾旅行では、台湾茶の　お店に　行ったりしたいです。

★ 表示除「台湾茶のお店に行く」這件事之外，也列舉要在台灣旅行中做的各種事情。

4　有個人從剛才就一直在銀行前面走來走去的。（請注意不可使用「来たり行ったり」）

┌剛才┐　　　　　　　┌去了┐　┌來了┐
さっきから　銀行の　前を　行ったり　来たりして　いる　人が　いる。

★ 「行ったり来たりしている」表這個人來回走動了很多次。不斷反複「行く」跟「来る」這兩個動作。

5　因為生病而體溫忽高忽低的。

┌疾病┐　　┌體溫┐　　┌─上升了─┐　　┌─下降了─┐
病気で　体温が　上がったり　下がったりして　います。

★ 「上がったり下がったり」表達了體溫度的不穩定狀態，也就是體溫時高時低的對比情況。

形容詞く＋なります

1. 變…；2. 變得…

類義表現

形容動詞に＋なります
表示不是人為的事物的變化

接續方法 ▶ {形容詞詞幹}＋く＋なります

1【變化】形容詞後面接「なります」，要把詞尾的「い」變成「く」。表示事物本身產生的自然變化，這種變化並非人為意圖性的施加作用，如例（1）～（3）。

2〖人為〗即使變化是人為造成的，若重點不在「誰改變的」，也可用此文法，如例（4）、（5）。

改變的人或物　形容詞　　自動詞……事物自然的變化
　　　↓　　　　↓　　　　　↓

例1 西の 空が 赤く なりました。
　　にし　そら　あか

西邊的天空變紅了。

好美的夕陽喔！

「西の空」是在自然的現象下變紅的，所以用自動詞「なりました」。
にし　そら

👉 文法應用例句 ‥‥‥‥‥‥‥‥‥‥‥‥‥‥‥‥‥‥‥

2 春天到來，天氣變暖和了。

┌春天┐　　　┌─溫暖的┐
春が 来て、暖かく なりました。
はる　き　　あたた

★「くなりました」用來描述春季的到來，所帶來的自然氣候變化。

3 小孩子一轉眼就長大了。

┌小孩子┐　┌立刻┐　┌─大的┐
子どもは すぐに 大きく なります。
こ　　　　　　　おお

★長大是自某時間點，某狀態發生的自然變化，用「大きく」＋自動詞「なります」。

4 到了傍晚，魚價會變得比較便宜。

┌傍晚┐　　┌魚┐　┌廉價的┐
夕方は 魚が 安く なります。
ゆうがた　さかな　やす

★雖是人為，但重點不在誰造成的，而是魚價變得更便宜的這一狀態變化，要用「安く」＋自動詞「なります」。

5 從下個月起牛奶要漲價。

┌下個月┐　　┌牛奶┐　┌昂貴的┐
来月から 牛乳が 高く なります。
らいげつ　　ぎゅうにゅう　たか

★雖是人為，但重點不在誰造成的，而是將來牛奶價格會比現在高的變化，用「高く」＋自動詞「なります」。

形容動詞に＋なります

變成…

接續方法 ▶ ｛形容動詞詞幹｝＋に＋なります

【變化】表示事物的變化。如上一單元說的，「なります」的變化不是人為有意圖性的，是在無意識中物體本身產生的自然變化。而即使變化是人為造成的，如果重點不在「誰改變的」，也可用此文法。形容動詞後面接「なります」，要把語尾的「だ」變成「に」。

改變的人或物　　　　　形容動詞　　　自動詞……事物自然的變化
　↓　　　　　　　　　　↓　　　　　　↓

例1　彼女は　最近　きれいに　なりました。
　　 かのじょ　さいきん

她最近變漂亮了。

哇！那是山田小姐嗎？
她變漂亮了！真是女大
18變啊！

山田小姐以前還是個小黃毛丫
頭，不知不覺一長大就變漂亮
了，所以用自動詞「なります」。

☞ **文法應用例句** ••••••••••••••••••••••••

2

身體變強壯了。

┌身體┐　┌強健的┐
体が　丈夫に　なりました。
からだ　じょうぶ

★重點在身體的狀態，變成了健康強壯的狀態，用「丈夫に」＋自動詞「なりました」。

3

喜歡上浦田小姐了。

　　　　　　　┌喜歡的┐
浦田さんの　ことが　好きに　なりました。
うらた　　　　　　　す

★喜歡這一狀態，從之前沒有到現在出現了變化，用「好きに」＋自動詞「なりました」。

4

這條街變熱鬧了。

　　┌街道┐　┌熱鬧的┐
この　街は　賑やかに　なりました。
　　　まち　にぎ

★這條街之前不夠熱鬧，現在出現了變化，變得更加熱鬧了，用「賑やかに」＋自動詞「なりました」。

5

巴士班次增加以後變得方便多了。

┌巴士┐　┌─增加─┐┌方便的┐
バスが　増えて　便利に　なりました。
　　　　ふ　　　べんり

★巴士增加了，變得更加方便的狀態，用「便利に」＋自動詞「なりました」。

grammar 021　名詞に＋なります

Track 125

1. 變成…；2. 成為…

類義表現
形容動詞に＋します
表示人為的事物的變化

接續方法 ▶ {名詞}＋に＋なります

1 【變化】表示在無意識中，事態本身產生的自然變化，這種變化並非人為有意圖性的，如例（1）～（3）。

2 〖人為〗即使變化是人為造成的，若重點不在「誰改變的」，也可用此文法，如例（4）、（5）。

名詞　　　　自動詞……事物自然的變化
　↓　　　　　　↓

例1　もう　夏に　なりました。
　　　なつ

已經是夏天了。

最近路上大家都已經穿起短袖短褲來了，看來夏天已經到了。

在無意識中，有了「夏」這個變化，而且是自然的變化喔！

☞ **文法應用例句** ●●●●●●●●●●●●●●●

2　今天的氣溫是39度。

「今天」　　　「溫度」
今日は　　　３９度に　なりました。
きょう　　　さんじゅうきゅう ど

★表示溫度的自然變化，即從之前的溫度變為了39度，用「39度に」＋自動詞「なりました」。

3　我希望趕快變成大人，這樣就能喝酒了。

「迅速的」　「大人」　　　　　　　「喝」
早く　　大人に　なって、お酒を　飲みたいです。
はや　　おとな　　　　　　さけ　　の

★表示將來的一個狀態完成了，即成為了大人，用「大人に」＋自動詞「なって」。

4　小女從4月起就要上小學。

「女兒」　　「月」　　「小學生」
娘は、　４月から　小学生に　なります。
むすめ　　しがつ　　しょうがくせい

★強調從現在到將來，女兒的狀態將發生變化，從幼稚園變成小學生，用「小学生に」＋自動詞「なります」。

5　那裡以前開了家咖啡廳，後來改成壽司料理店了。

　　　　　　　　　「咖啡廳」　　　　　「壽司店」
あそこは　前は　喫茶店でしたが、すし屋に　なりました。
　　　　　まえ　きっさてん　　　　　　　や

★表示前後狀態的明顯變化，從咖啡廳變成壽司店，用「すし屋に」＋自動詞「なりました」。

形容詞く＋します

使變成…

接續方法 ▶ {形容詞詞幹}＋く＋します

【變化】表示事物的變化。跟「なります」比較，「なります」的變化不是人為有意圖性的，是在無意識中物體本身產生的自然變化；而「します」是表示人為的有意圖性的施加作用，而產生變化。形容詞後面接「します」，要把詞尾的「い」變成「く」。

被改變的人或物　形容詞　　他動詞……有意圖的使其變化

例1 部屋を　暖かく　しました。
へや　あたた

房間弄暖和。

好冷喔！老伴拿出暖爐，把房間弄暖和吧！

由於把房間弄暖和，是人為有意圖使它變化的，所以用他動詞「します」。

👉 **文法應用例句** ••••••••••••••••••••••••••••••

2
把牆壁弄白。

┌牆壁┐　┌白色的┐
壁を　白く　します。
かべ　しろ

★人為有意圖把牆壁「白くします」(弄白)，用他動詞「します」。改變事物的狀態的「くします」，在這裡表示人為有意圖把牆壁變成白色。

3
把音量壓小。

┌聲音┐　┌小聲的┐
音を　小さく　します。
おと　ちい

★改變事物的狀態的「くします」，在這裡表示人為有意圖把聲音變小。

4
這道菜請放涼後再吃。

　　┌料理┐　┌冰涼的┐
この　料理は　冷たく　して　食べます。
　　りょうり　つめ　　　た

★改變物品的溫度「くする」，在這裡表示人為有意圖把這道菜冷卻。

5
打開窗簾讓房間變亮。

┌窗簾┐　┌打開┐　　┌明亮的┐
カーテンを　開けて　部屋を　明るく　します。
　　　　あ　へや　あか

★改變房間的狀態的「くします」，在這裡表示人為有意圖讓房間變得明亮。

grammar 023

形容動詞に＋します

Track 127

1. 使變成…；2. 讓它變成…

接續方法▶ {形容動詞詞幹}＋に＋します

1 **【變化】** 表示事物的變化。如前一單元所説的，「します」是表示人為有意圖性的施加作用，而產生變化。形容動詞後面接「します」，要把詞尾的「だ」變成「に」，如例（1）～（4）。

2 **【命令】** 如為命令語氣為「にしてください」，如例（5）。

被改變的人或物　形容動詞　他動詞……有意圖的使其變化
　　　↓　　　　　↓　　　↓

例1 運動して、体を 丈夫に します。
<ruby>運動<rt>うんどう</rt></ruby>　<ruby>体<rt>からだ</rt></ruby>　<ruby>丈夫<rt>じょうぶ</rt></ruby>

去運動讓身體變強壯。

哇！看你氣色真好！一點都不像得過大病的。

經過自己的努力跟毅力，定期做運動，使自己的身體變強壯了。這是人為有意圖去做改變的，所以用他動詞「します」。

☞ 文法應用例句 ‥‥‥‥‥‥‥‥‥‥‥‥‥‥‥‥

2

把這個市鎮變乾淨了。

┌城鎮┐　　┌乾淨的┐
この 町を きれいに しました。
　　　まち

★「にしました」表示人為有意圖將這個城鎮，變得更加美觀這一特定狀態。

3

放音樂讓氣氛變熱鬧。

┌音樂┐　┌(播)放┐
音楽を 流して、賑やかに します。
おんがく　なが　　にぎ

★「にします」表示人為有意圖讓氣氛從「不熱鬧」轉變為「熱鬧」的狀態。

4

我希望讓女兒上電視成名。

┌女兒┐　　　　┌上(鏡)┐　┌有名的┐
娘を テレビに 出して、有名に したいです。
むすめ　　　　だ　　　ゆうめい

★「にする」是人為有意圖想讓女兒從「不知名」轉變到「有名」的狀態，用他動詞「する」＋「たい」句型。

5

讓孩子們保持安靜。

┌孩子┐　┌安靜的┐
子どもを 静かに します。
こ　　　しず

★「にします」是有意圖將孩子，從原本吵鬧的狀態，轉變為安靜的狀態。

名詞に＋します

1. 讓…變成…、使其成為…；2. 請使其成為…

接續方法 ▶ {名詞}＋に＋します

1【變化】 表示人為有意圖性的施加作用，而產生變化，如例（1）～（4）。

2【請求】 請求時用「にしてください」，如例（5）。

　　　被改變的人或物　　名詞　　　　他動詞……有意圖的使其變化
　　　　　↓　　　　　　↓　　　　　　　↓

例1 子どもを　医者に　します。
　こ　　　　　いしゃ

我要讓孩子當醫生。

> 孩子成為醫生，是父母意圖性的加以改變，所以用他動詞「します」。

> 裕太，你要好好讀書，將來好當個醫生唷！爸媽多辛苦都沒關係的。

👈 文法應用例句 ●●●●●●●●●●●●●●●●●●●●●●●●●●●●

2
我把香蕉分成一半了。

┌香蕉┐　┌一半┐
バナナを　半分に　しました。
　　　　　はんぶん

★ 人為有意圖改變香蕉的狀態，把香蕉「半分にしました」（分成一半），用他動詞「します」。

3
把玄關建在北邊。

┌玄關┐　┌北邊┐
玄関を　北に　します。
げんかん　きた

★ 人為有意圖改變位置的狀態，把玄關「北にします」（建在北邊），用他動詞「します」。

4
把紅蘿蔔打成果汁。

┌─紅蘿蔔─┐　　┌─果汁─┐
にんじんを　ジュースに　します。

★ 人為有意圖改變紅蘿蔔的狀態，把紅蘿蔔「ジュースにします」（打成果汁），用他動詞「します」。

5
請娶我為妻。

┌我┐　┌妻子┐
私を　妻に　して　ください。
わたし　つま

★「動詞＋にする」表示有意圖的將自己的身分，從未婚變為已婚。

のだ

1. （因為）是…；3. …是…的

類義表現
──────
のです
客觀地進行說明；說明情況

1 【說明】{形容詞・動詞普通形}＋のだ；{名詞；形容動詞詞幹}＋なのだ。
表示客觀地對話題的對象、狀況進行說明，或請求對方針對某些理由說明情況，一般用在發生了不尋常的情況，而說話人對此進行說明，或提出問題，如例（1）。

2 〖口語ーんだ〗{形容詞・動詞普通形}＋んだ；{名詞；形容動詞詞幹}＋なんだ。尊敬的說法是「のです」，口語的說法常將「の」換成「ん」，如例（2）～（4）。

3 【主張】用於表示說話者強調個人的主張或決心，如例（5）。

說明……話題對象、行為、狀態等
↓

例1 きっと、事故が あったのだ。
　　　一定是發生事故了！

是發生了什麼事呢？在「のだ」的前面接了「事故があった」（發生事故了）說明狀況。

塞車了，而且聽到有救護車的聲音，一定是發生什麼事了！

☞ **文法應用例句** ··

2
等一下再做。現在正在忙。

┌等會兒┐　┌做┐　　　┌忙碌的┐
あとで　やります。今、忙しいんです。
　　　　　　　　　いま　いそが

★「んです」用來解釋「今、忙しいんです」這個理由，讓對方明白為什麼要「あとでやります」。

3
「您家的院子好美喔！」「因為我喜歡花。」

　　　　　庭院　　　　　　花朵
「きれいな　お庭ですね。」「花が　好きなんです。」
　　　　　　にわ　　　　　　　はな　す

★「んです」用來解釋「我喜歡花」這個原因，讓對方明白這就是為什麼「院子這麼漂亮」。

4
啊，我的花瓶！是誰摔破的？

　　　　　┌花瓶┐　　　┌弄碎了┐
あっ、私の　花瓶が。誰が　壊したんですか。
　　　わたし　かびん　だれ　こわ

★「んです」表生氣自己的花瓶被打碎，要求對方解釋是誰打碎的。

5
雖然猶豫了很久，還是選這個好。

┌相當地┐　┌猶豫了┐
ずいぶん　迷いましたが、これで　よかったんです。
　　　　　まよ

★「んです」表說話人經過一番迷惑知後，最終做出了某主張、決定。

もう＋肯定

已經…了

接續方法▶ もう＋{動詞た形；形容動詞詞幹だ}

【完了】和動詞句一起使用，表示行為、事情到某個時間已經完了。用在疑問句的時候，表示詢問完或沒完。

已經　動詞句等（肯定）……某行為到某時間已完成
↓　　　↓
例1 病気は　もう　治りました。

病已經治好了。

田中先生恭喜你身體已經完全康復了。

「もう」表示行為、事情到了某個時間已經完了，也就是病已經治好了。

👉 文法應用例句 ·····································

2

已經洗過澡了。

┌─漫盆─┐　　┌──進入了──┐
もう　お風呂に　入りました。
　　　　ふろ　　　　はい

★「もう＋肯定」表示事情已經完了，洗過澡了。

3

妹妹已經出門了。

┌妹妹┐　　　　┌──出門了──┐
妹は　もう　出かけました。
いもうと　　　　で

★「もう＋肯定」表示狀態已經完成，妹妹出門了。

4

音樂會已經開始。

┌──音樂會──┐　　　　┌──開始──┐
コンサートは　もう　始まって　います。
　　　　　　　　　　はじ

★「もう＋肯定」表示事情已經完了，音樂會開始了。

5

我已經不喜歡你了！

┌─你─┐　　　　　　　┌討厭的┐
あなたの　ことは、もう　嫌いです。
　　　　　　　　　　　　きら

★「もう＋肯定」表示感情已到了無法忍受的極限，已經不喜歡了。

もう＋否定

已經不…了

接續方法▶ もう＋｛否定表達方式｝

【否定的狀態】「否定」後接否定的表達方式，表示不能繼續某種狀態了。
一般多用於感情方面達到相當程度。

已經　　　　動詞句等（否定）……不能繼續某狀態了
　↓　　　　　　　↓

例1 **もう　飲みたく　ありません。**

我已經不想喝了。

這裡看到「もう」後接否定的方式，知道這已經達到極限了，沒辦法再喝了。

這邊還有一些呢！饒了我吧！我已經喝不下了！

☞ **文法應用例句** ……………………………………………

2
已經不痛了。

疼痛的
もう　痛く　ありません。
　　　いた

★「もう＋否定」表示已經不會，強調疼痛的消失。

3
再也不會借錢給高山先生了！

金錢　借（出）
もう　高山さんに　お金は　貸しません。
　　　たかやま　　かね　　か

★「もう＋否定」表曾經借錢給對方，但從現在開始不再借錢給對方了。

4
已經沒紙了。

紙張　　　　沒有
紙は　もう　ありません。
かみ

★「もう＋否定」表目前狀況是，紙已經沒有了，且不會再有。

5
都已經是大學生了，再也不是小孩了！

大學生　　　　　　小孩子
大学生ですから、もう　子どもでは　ないです。
だいがくせい　　　　　　こ

★「もう＋否定」表示因為已經成為大學生了，所以不再是孩子了。

まだ＋肯定

1. 還…；2. 還有…

接續方法▸ まだ＋{肯定表達方式}

1【繼續】 表示同樣的狀態，從過去到現在一直持續著，如例（1）～（4）。

2【存在】 表示還留有某些時間或還存在某東西，如例（5）。

還　　動詞句等（肯定）……同狀態一直持續著
↓　　　　　↓
例1 お茶は　まだ　熱いです。
茶還很熱。

「まだ＋肯定」表示同樣的狀態，從過去到現在一直持續著。

這句話是說，茶之前是熱的。現在「まだ」（還）是熱的呢！

☞ 文法應用例句 ••••••••••••••••••••••••••••••

2 還是通話中嗎？

まだ　電話中ですか。

★「まだ＋肯定」用在詢問對方是否還在通話當中。

3 依然對已經分手的情人戀戀不忘。

別れた　恋人の　ことが　まだ　好きです。

★「まだ＋肯定」表示即使已經分手，但是說話者仍然喜歡前任戀人。

4 天色還很亮。

空は　まだ　明るいです。

★「まだ＋肯定」表示雖然時間已經晚了，但是天空仍然很亮。

5 還有時間。

まだ　時間が　あります。

★「まだ＋肯定」表現在時間還早，還有足夠的時間可以完成某事情。

まだ＋否定

還（沒有）…

接續方法▸ まだ＋{否定表達方式}

【未完】表示預定的事情或狀態，到現在都還沒進行，或沒有完成。

> 還   動詞句等（否定）……預定的狀態等還沒進行或未完成
> ↓   ↓

例1 宿題が まだ 終わりません。
しゅくだい　　　　　　お

功課還沒做完。

不行！我功課還沒做完。

我們去玩吧！

這句話是用「まだ」後接否定，來表示功課應該要做完，但是還沒做完。

☞ 文法應用例句 ‧‧‧‧‧‧‧‧‧‧‧‧‧‧‧‧‧‧‧‧‧‧‧‧‧‧‧‧

2 那裡還不安全。

┌那裡┐　　　　　┌安全的┐
そこは まだ 安全では ないです。
　　　　　　あんぜん

★「まだ＋否定」表示現在這個地方仍然不安全，未來可能會變得安全。

3 晚飯還不想吃。

┌晚飯┐　　　　　　　　┌好的┐
晩ご飯は まだ 欲しく ありません。
ばん　はん　　　　　　ほ

★「まだ＋否定」表示現在不想吃晚飯，但未來可能會改變主意。

4 日文還不太好。

┌日語┐　　　　┌好的┐　┌不會┐
日本語は まだ よく できません。
に ほん ご

★「まだ＋否定」現在日語還不太好，但未來可能會變得更好。

5 什麼都還沒吃。

　　　　┌什麼┐　┌食用┐
まだ 何も 食べて いません。
　　　　なに　　　た

★「まだ＋否定」現在還有吃東西，但是可能會在未來吃。

という名詞

1. 叫做…；2. 叫…、叫做…

接續方法 ▸ {名詞}＋という＋{名詞}

1【介紹名稱】表示說明後面這個事物、人或場所的名字。一般是說話人或聽話人一方，或者雙方都不熟悉的事物。詢問「什麼」的時候可以用「何と」，如例（1）～（3）。

2〔確認〕如果是做確認時，「という」前接確認的內容，如例（4）、（5）。

<pre>
        主語   叫做   名稱……前者說明後者的名稱等
         ↓   ↓   ↓
</pre>

例1 その 店は 何と いう 名前ですか。
　　　 みせ　　 なん　　　　 な まえ

那家店叫什麼名字？

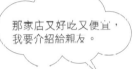

那家店又好吃又便宜，我要介紹給親友。

對了。那家店叫什麼「名字」呢？

☞ 文法應用例句 ‧‧‧‧‧‧‧‧‧‧‧‧‧‧‧‧‧‧‧‧‧‧‧‧‧‧‧‧‧‧‧‧‧‧‧‧

2 這是什麼水果？

┌什麼┐　　　┌水果┐
これは 何と いう 果物ですか。
　　　 なん　　　 くだもの

★用「という」來詢問水果的名稱。

3 我去了北海道一處叫富良野的地方旅遊。

　　　　　　　　　　┌地方┐ ┌(旅)遊┐
北海道の 富良野と いう ところに 遊びに 行って きました。
ほっかいどう ふらの　　　　　　　　　 あそ　　 い

★用「という」來引用這個叫做「富良野」的地方，並描述它位於「北海道」。

4 那是叫做吉娃娃的狗嗎？

　　　┌吉娃娃┐　　┌狗┐
あれは チワワと いう 犬ですか。
　　　　　　　　　　 いぬ

★用「という」來表達對這種狗的描述或稱呼。

5 你知道一個名叫湯川秀樹的人嗎？

　　　　　　　　┌人物┐　┌─知道─┐
湯川秀樹と いう 人を 知って いますか。
ゆ かわひでき　　 ひと　 し

★用「という」來引用這個人的名字。

grammar 031 つもり

Track 135

1. 打算、準備；2. 不打算；3. 有什麼打算呢

---

1 【意志】{動詞辭書形}＋つもり。表示打算作某行為的意志。這是事前決定的，不是臨時決定的，而且想做的意志相當堅定，如例（1）、（2）。

2 〖否定〗{動詞否定形}＋つもり。相反地，表示不打算作某行為的意志，如例（3）、(4)。

3 〖どうするつもり〗どうする＋つもり。詢問對方有何打算的時候，如例（5）。

（做某事）　動詞辭書形　打算……打算作某行為的意志

例 1 今年は　車を　買う　つもりです。

我今年準備買車。

> 這裡的「今年準備買車」，是事前堅決的打算。

> 工作已經第 3 年了，也存了一些錢，所以我打算今年買車。

☞ 文法應用例句 ‥‥‥‥‥‥‥‥‥‥‥‥‥‥‥‥‥‥

2 暑假打算去日本。

夏休みには　日本へ　行く　つもりです。
なつやす　　にほん　　い

★用「つもり」來表達說話人的「暑假去日本」的堅決打算。

3 今年不打算出國旅行。

今年は　海外旅行しない　つもりです。
ことし　かいがいりょこう

★用「ないつもり」來表達說話人「今年不出國旅行」的堅決打算。

4 近藤同學並不打算上大學。

近藤さんは、大学には　行かない　つもりです。
こんどう　　だいがく　　い

★用「ないつもり」來表達近藤同學「不上大學」的堅決打算。

5 米田先生你有什麼打算呢？

米田さんは、どうする　つもりですか。
よねだ

★用「どうするつもり」來詢問對方有何打算？

をもらいます

取得、要、得到

接續方法 ▶ {名詞}＋をもらいます

【授受】表示從某人那裡得到某物。「を」前面是得到的東西。給的人一般用「から」或「に」表示。

人　　　物　　　　　得到……從某人得到某東西
↓　　　　↓　　　　　　　↓

例1　彼から　花を　もらいました。
　　　かれ　　はな

我從他那裡收到了花。

那是誰送的花啊？看妳高興的。沒有啦！是我男朋友送的啦！

從這句話的意思知道，「を」前面是收到的東西「花」，「から」表示送的人是「彼」。

👉 文法應用例句 ••••••••••••••••••••••••

2
從朋友那裡拿到了名產。

友人から　お土産を　もらいました。
ゆうじん　　みやげ

★「をもらいます」表示接收名產的行為，即「我」接收了「友人から」（來自朋友）的「土産」（名產）。

3
我從他那裡收到了求婚戒指。

彼から　婚約指輪を　もらいました。
かれ　　こんやくゆびわ

★「をもらいます」表示接收求婚戒指的行為，即「我」接收了「彼」（來自男友）的「婚約指輪」（求婚戒指）。

4
隔壁的人給了橘子。

隣の　人に　みかんを　もらいました。
となり　ひと

★「をもらいます」（接受）表示主語「私」從隔壁的人，接受了「みかん」（橘子）這個物品。

5
接收了姐姐不要的衣服。

お姉ちゃんから　いらなく　なった　服を　もらいました。
ねえ　　　　　　　　　　　　　　　ふく

★「をもらいます」（接受）表示主語「私」從姊姊那裡，接受了「服」（衣服）這個物品。

に〜があります／います

…有…

接續方法 ▶ {名詞}＋に＋{名詞}＋があります／います

1【存在】表某處存在某物或人，也就是無生命事物，及有生命的人或動物的存在場所，用「(場所)に(物)があります、(人)がいます」。表示事物存在的動詞有「あります／います」，無生命的事物或自己無法動的植物用「あります」，如例(1)、(2)。

2〔有生命－います〕「います」用在有生命的，自己可以動作的人或動物，如例(3)〜(5)。

　　　場所　　　　　人或物　　　　存在動詞……某處存在某人或物
　　　　↓　　　　　　↓　　　　　　　↓

例1 箱の　中に　お菓子が　あります。
　　はこ　なか　　かし

箱子裡有甜點。

下午茶時間到囉！大家準備吃點心吧！點心在哪裡呢？

只要看「に」的前面，接了「箱の中」(箱子裡)就知道點心在哪囉！

☞ **文法應用例句** ••••••••••••••••••••••••••••••••••

2

那裡有派出所。

┌那裡┐　┌派出所┐
あそこに　交番が　あります。
　　　　　こうばん

★「に〜があります」表示無生命的「交番」，所在的位置是「あそこ」。

3

房間裡有姊姊。

┌房間┐　┌姊姊┐
部屋に　姉が　います。
へや　　あね

★「に〜がいます」表示有生命「姉」，所在的位置是「部屋」。

4

北海道那邊有哥哥。

　　　　　┌哥哥┐　┌有，在┐
北海道に　兄が　います。
ほっかいどう　あに

★「に〜がいます」表示有生命「兄」，所在的位置是「北海道」。

5

那邊有瀧本小姐。

┌那邊┐　　┌瀧本小姐┐
向こうに　滝本さんが　います。
む　　　　たきもと

★「に〜がいます」表示有生命「滝本さん」，所在的地方是「向こう」。

は～にあります／います

…在…

接続方法 ▶ {名詞}＋は＋{名詞}＋にあります／います

【存在】表示某物或人，存在某場所用「（物）は（場所）にあります／（人）は（場所）にいます」。

物或人　　　場所　　　存在動詞……某物或人存在某處
　↓　　　　　↓　　　　　↓

例1 **トイレは　あちらに　あります。**

廁所在那邊。

場所的話看「に」的前面，就可以知道是在「あちら」（那邊）囉！

嗚！肚子突然痛了起來，請問廁所在哪裡呢？

☞ 文法應用例句 ••••••••••••••••••••••••••••••

2 請問收銀台在哪裡呢？

┌收銀台┐　┌哪裡┐
レジは　どこに　ありますか。

★「は～にあります」表示不知道無生命「レジ」，所在位置是「どこ」。

3 姊姊在房間。

┌姊姊┐　┌房間┐
姉は　部屋に　います。
あね　　へや

★「は～にいます」表示主題有生命「姉」的，所在位置是「部屋」。

4 他在國外。

┌他┐　┌國外┐
彼は　外国に　います。
かれ　がいこく

★「は～にいます」表示主題有生命「彼」的，所在位置是「外国」。

5 我就在這裡。

┌我┐　┌這裡┐
私は　ここに　います。
わたし

★「は～にいます」表示主題有生命「私」的，所在位置是「ここ」。

は〜より

…比…

接續方法 ▶ {名詞} ＋は＋ {名詞} ＋より

【比較】表示對兩件性質相同的事物進行比較後，選擇前者。「より」後接的是性質或狀態。如果兩件事物的差距很大，可以在「より」後面接「ずっと」來表示程度很大。

被選擇對象　　比較對象　　　性質或狀態……比較
　　↓　　　　　　↓　　　　　　　↓

例1　飛行機は　船より　速いです。
　　ひ こう き　　ふね　　　　はや

飛機比船還快。

這個句型表示，在比較飛機跟船這兩個交通工具（同性質）後，選的是「は」前面的「飛行機」，原因在「より」的後面，比較「速い」（快）啦！

冬天想到溫暖且美麗的沖繩離島度假，聽說可以搭船喔！但是，為了節省時間，還是坐飛機比較快囉！

👉 文法應用例句 ·····························

2
我的字寫得比妹妹難看。

私は　　妹より　　字が　　下手です。
わたし　　いもうと　　じ　　　へ た

　　　　「妹妹」　　「字」　　　「拙劣的」

★「は〜より」強調「私」（主題）和「妹」（被比較對象），書寫能力的優劣。

3
哥哥個子比媽媽高。

兄は　　母より　　背が　　高いです。
あに　　はは　　　せ　　　たか

「哥哥」　「媽媽」　　「身高」　「高挑的」

★「は〜より」強調了「兄」（主題）和「母」（被比較對象），之間的個子的高矮。

4
地理比歷史有趣。

地理は　　歷史より　　面白いです。
ち り　　れき し　　　おもしろ

「地理」　　「歷史」

★「は〜より」強調了「地理」（主題）和「歷史」（被比較對象），之間趣味程度的差異。

5
今年夏天比去年熱。

今年の　夏は　　去年より　　暑い。
こ とし　なつ　　きょねん　　あつ

　　　　　　　「去年」　　「炎熱的」

★「は〜より」強調了「今年の夏」（主題）和「去年の夏」（被比較對象），之間溫度的差異。

より～ほう

…比…、比起…，更…

接續方法 ▸ {名詞；形容詞・動詞普通形} ＋より（も、は）＋{名詞の；形容詞・動詞普通形；形容動詞詞幹な} ＋ほう

【比較】表示對兩件事物進行比較後，選擇後者。「ほう」是方面之意，在對兩件事物進行比較後，選擇了「こっちのほう」（這一方）的意思。被選上的用「が」表示。

```
        比較對象    被選擇對象          性質或狀態……比較
          ↓           ↓                    ↓
```

例1 勉強より 遊びの ほうが 楽しいです。
べんきょう あそ たの

玩耍比讀書愉快。

看到「ほう」的前面，就知道是「遊び」了。還有被選上的是用「が」表示喔！

太郎就是愛玩，每次要他唸書就一副苦瓜臉。從這句話可以清楚知道，對太郎而言，什麼事是比較快樂的了！

👉 文法應用例句 ••••••••••••••••••••••••••••

2 喜歡游泳勝過網球。

┌網球┐　　┌游泳┐
テニスより 水泳の ほうが 好きです。
　　　　　 すいえい　　　　　　 す

★「より～ほう」表示比較於「テニス」，更加喜歡後者的「水泳」。

3 比起空閒，更喜歡忙碌。

┌空閒的┐　　┌忙碌的┐
暇よりは 忙しい 方が いいです。
ひま　　　 いそが　 ほう

★「より～ほう」表示比較於「暇」，後者的「忙しい」更好。

4 比起熱，更討厭冷。

┌炎熱的┐　┌寒冷的┐　　┌討厭的┐
暑いより 寒い 方が 嫌です。
あつ　　　 さむ　 ほう　 いや

★「より～ほう」表示比較於「暑い」，更加討厭後者的「寒い」。

5 走路比搭車好。

┌交通工具┐　┌搭乘┐　　┌走路┐
乗り物に 乗るより、歩く ほうが いいです。
の　もの　 の　　　　 ある

★「より～ほう」表示比較於搭乘「乗り物」，後者的「歩く」更優。

grammar 037

ほうがいい

Track 141

1. 我建議最好…、我建議還是…為好；2. …比較好；3. 最好不要…

類義表現
ほうが好き …比較喜歡

接續方法▶ {名詞の；形容詞辭書形；形容動詞詞幹な；動詞た形}＋ほうがいい

1【勧告】用在向對方提出建議、忠告。有時候前接的動詞雖然是「た形」，但指的卻是以後要做的事，如例（1）、（2）。

2【提出】也用在陳述自己的意見、喜好的時候，如例（3）、（4）。

3〔否定形－ないほうがいい〕否定形為「ないほうがいい」，如例（5）。

```
        內容      忠告……… 忠告
         ↓        ↓
```

例1 もう 寝た ほうが いいですよ。

這時間該睡了喔！

「ほうがいい」前面接「寝た」表示為了對方好，提出該睡覺的忠告。

已經 12 點了，不要再玩遊戲了，該上床睡覺囉！不然明天早上會起不來的！

☞ 文法應用例句 ••••••••••••••••••••••••

2

發燒了吧？去給醫師看比較好喔！

┌發燒┐　　　　　┌醫生┐
熱が ありますよ。医者に 行った ほうが いいですね。
ねつ　　　　　　いしゃ　 い

★基於「你有發燒」，用「ほうがいい」向對方建議「最好去看醫生」。

3

柔軟的棉被比較好。

┌柔軟的┐　┌棉被┐
柔らかい 布団の ほうが いい。
やわ　　　 ふとん

★用「ほうがいい」向對方提出自己從兩被褥中，選擇「柔軟的被褥更好」。

4

住的地方離車站近一點比較好。

┌居住┐┌地方┐　┌車站┐┌近的┐
住む ところは 駅に 近い ほうが いいです。
す　　　　　 えき ちか

★陳述自己的喜好時，就用「駅に近い＋ほうがいいです」。用「ほうがいい」提出從兩居住處，選擇「最好靠近車站」的交通便利的優勢。

5

最好不要攝取過多的鹽分。

┌鹽分┐　┌攝取┐
塩分を 取りすぎない ほうが いい。
えんぶん　と

★建議人們減少鹽分的攝取時，就用「取りすぎない＋ほうがいい」。

Practice・7

> **問題一** 問題 （ ） の ところに なにを いれますか。1・2・3・4から いちばん いい ものを 1つ えらびなさい。

1 えんぴつで かかない （ ） ください。
   1 に   2 で   3 を   4 と

2 ねつが ありますから、おふろに はいらない （ ） ください。
   1 に   2 で   3 を   4 と

3 ちょっと ノートを みせ （ ） ください。
   1 に   2 て   3 を   4 と

4 あの あかい かばん （ ） ください。
   1 に   2 で   3 を   4 と

5 「あした、えいがに いきませんか。」「いいですね。それでは、3 じに えきで あい （ ）。」
   1 ません   2 ました   3 ます   4 ましょう

6 「この おかし おいしいですよ。ひとつ たべ （ ） か。」「それでは、いただきます。」
   1 ました   2 ません
   3 ませんでした   4 ましたでしょう

7 「あ、もう 6じ ですね。（ ） か。」「そうですね。それでは、また あした。」
   1 帰りました   2 帰りましょう
   3 帰りませんでした   4 帰った

8 あたらしい カメラ （ ） ほしいです。
   1 が   2 へ   3 に   4 で

9 えきへ （　　）ですが、バスが ありません。
1　いきます　2　いきほしい　3　いきたい　4　いきましょう

10 きょうしつでは にほんごで はなし（　　）ください。
1　に　　　2　で　　　3　て　　　4　を

11 すみません、じしょを かして（　　）。
1　くれました　　　　　　　2　くださいません
3　くださいませんか　　　　4　くださいました

12 こんや、ひまですか。いっしょに ごはんを （　　）か。
1　たべました　　　　　　　2　たべません
3　たべたでしょう　　　　　4　だべ

13 すみません、コーヒー（　　）ください。
1　に　　　2　で　　　3　を　　　4　と

14 おおきい いえと くるま（　　）ほしいですね。
1　が　　　2　と　　　3　や　　　4　に

15 にほんごの うたを うたい（　　）です。おしえて ください ませんか。
1　ます　　　2　たい　　　3　ほしい　　　4　て

16 ひるまは しずかです（　　）、よるは にぎやかです。
1　て　　　2　と　　　3　が　　　4　で

17 にほんごは むずかしいです（　　）、おもしろいです。
1　し　　　2　と　　　3　が　　　4　で

18 きのう、にほんごの べんきょうを （　　）から、テレビを み ました。
1　する　　　2　します　　　3　すて　　　4　して

19 ばんごはんを たべた（　　）、おふろに はいりました。
1　まえに　　　2　あとで　　　3　ながら　　　4　て

20 ごはんを　たべる（　　）、てを　あらいなさい。
1　まえに　　　2　あとで　　　3　ながら　　　4　て

21 （　　）とき、つめたい　コーヒーを　のみます。
1　あつい　　2　あついの　　3　あついだ　　4　あつかった

22 たなかさんの　いえに　（　　）とき、おがわさんに　あいました。
1　いきます　2　いきました　3　いった　　　4　いきません

23 （　　）ながら　たべては　いけません。
1　あるいて　　　　　　　　2　あるきました
3　あるきます　　　　　　　4　あるき

24 いつも　あさごはんを　（　　）ながら　テレビの　ニュースを
みます。
1　たべて　　2　たべました　3　たべます　　4　たべ

25 いつも　てを　（　　）から、しょくじを　します。
1　あらう　　2　あらって　　3　あらった　　4　あらいます

26 いつも　（　　）まえに　はを　みがきます。
1　ねて　　　2　ねた　　　3　ねる　　　4　ねます

27 しゅくだいを　（　　）あとで、てがみを　かきます。
1　した　　　2　する　　　3　して　　　4　しない

28 あしたは　きっと　いい　てんき（　　）。
1　でした　　2　でしょう　3　ですか　　4　でしたか

29 あの　ひとは　たぶん　（　　）でしょう。
1　先生　　　2　先生だ　　3　先生です　4　先生で

30 にちようびは　ほんを　（　　）、おんがくを　きいたり　します。
1　よみます　2　よみたり　3　よんだり　4　よむだり

31 てんきが　（　　）なりました。
1　いいに　　2　よくに　　3　よく　　　4　いい

32 へやを （　　） して ください。
1 きれい　　2 きれいな　　3 きれいで　　4 きれいに

33 「（　　） しゅくだいを しましたか。」「いいえ、まだです。」
1 まだ　　　　　　　　　2 いつも
3 なんの　　　　　　　　4 もう

34 あめが ふって いる （　　）、きょうは でかけません。
1 から　　　2 て　　　　3 など　　　　4 まで

35 ねつが あったから、くすりを （　　）、はやく ねました。
1 のみました　　　　　　2 のんで
3 のみます　　　　　　　4 のみましたから

36 しゅくだいが おおいです （　　）、こんやは どこにも でかけ
ません。
1 から　　　2 て　　　　3 など　　　　4 まで

37 「もう かえりましょうか。」「（　　） はやいですよ。もう すこ
し あそびましょう。」
1 まだ　　　2 もう　　　3 いつ　　　　4 なんで

38 「もう レポートを かきましたか。」「いいえ、（　　） です。きょ
う かきます。」
1 もう　　　2 いつも　　3 そう　　　　4 まだ

39 「たなかさんは どこですか。」「（　　） いえに かえりましたよ。」
1 もう　　　2 いつも　　3 そう　　　　4 まだ

40 「これは （　　） という りょうりですか。」「すきやきです。」
1 なんで　　2 なん　　　3 なんと　　　4 なんの

41 きのう かぜを （　　）、がっこうを やすみました。
1 ひきました　　　　　　2 ひいた
3 ひいて　　　　　　　　4 ひきます

42 べんきょうした　あとで、テレビを　（　　）、ほんを　よんだり
　　します。
1　みます 　　　　　　　　2　みました
3　みまして 　　　　　　　4　みたり

43 あめが　やんで、そらが　（　　）　なりました。
1　あかるい 　　　　　　　2　あかるいく
3　あかるくて 　　　　　　4　あかるく

44 すみませんが、すこし　しずか（　　）　ください。
1　でする 　　　　　　　　2　にする
3　でして 　　　　　　　　4　にして

問題二　問題　どの　こたえが　いちばん　いいですか。1・2・3・
　　　　　4から　いちばん　いい　ものを　1つ　えらびなさい

1 「きょうは　なにを　しますか。」「しゅくだいを　（　　）あとで
　　テレビを　みます。」
1　する 　　　　　　　　　2　して
3　した 　　　　　　　　　4　すんで

2 「しゅくだいは　（　　）　おわりましたか。」「いいえ　まだです。」
1　まだ 　　　　　　　　　2　もう
3　あとで 　　　　　　　　4　までに

3 「ねつが　あります。」「それでは、くすりを　（　　）　はやく
　　ねて　ください。」
1　のみて 　　　　　　　　2　のみます
3　のみました 　　　　　　4　のんで

4 「おさけを　ください。」「もう　たくさん　のんだでしょう。（　　）
　　ください。」
1　のんで　　2　のまないで　　3　のみまして　　4　のみませんで

問題　どの　こたえが　いちばん　いいですか。1・2・3・
4からいちばん　いい　ものを　えらびなさい。

1 A「くすりは　いつ　のみますか。」
　　B「しょくじの（　　　　　　　）のんで　ください。」
　1　まえを　　　　　　　　　　2　まえから
　3　まえに　　　　　　　　　　4　まえと

2 A「いつ　おふろに　はいりますか。」
　　B「いつも、しょくじの（　　　　）はいります。」
　1　あとを　　　　　　　　　　2　あとが
　3　あとへ　　　　　　　　　　4　あとで

3 A「ビールは　いかがですか。」
　　B「いいえ、わたしは（　　　）。」
　1　ジュースに　なります　　　2　ジュースに　します
　3　ジュースが　のみます　　　4　ジュースなのに　します

4 A「あついですね。」
　　B「（　　　　　　　　　）。」
　1　クーラーを　つけましょう　2　クーラーを　あけましょう
　3　クーラーを　とめましょう　4　クーラーを　しめましょう

5 A「コーヒーが　のみたいですね。」
　　B「そうですね。じゃ、しごとが　おわった（　　　　）、きっさ
　　　てんへ　いきましょう。」
　1　あとで　　　　　　　　　　2　まえで
　3　あとへ　　　　　　　　　　4　まえに

副詞

» 內容

説明用言（動詞、形容詞、形容動詞）的狀態和程度，屬於獨立詞而沒有活用，主要用來修飾用言的詞叫副詞。

1. 副詞的構成有很多種，這裡著重舉出下列幾種：

（1）一般由兩個或兩個以上的平假名構成

　　　ゆっくり（慢慢地）

　　　とても（非常）

　　　よく（好好地，仔細地；常常）

　　　ちょっと（稍微）

（2）由漢字和假名構成

　　　未だ［まだ］（尚未）

　　　先ず［まず］（首先）

　　　既に［すでに］（已經）

（3）由漢字重疊構成

　　　色々［いろいろ］（各種各樣）

　　　青々［あおあお］（綠油油地）

　　　広々［ひろびろ］（廣闊地）

2.以內容分類有：

（1）表示時間、變化、結束

　　　まだ（還）　　　　　　　もう（已經）

　　　すぐに（馬上，立刻）　　だんだん（漸漸地）

（2）表示程度

　　　あまり〈～ない〉（〈不〉怎麼…）

　　　すこし（一點兒）

　　　たいへん（非常）

　　　ちょっと（一些）

　　　とても（非常）

ほんとうに（真的）
もっと（更加）
よく（很，非常）

（3）表示推測、判斷
　　たぶん（大概）　　　　　　もちろん（當然）

（4）表示數量
　　おおぜい（許多）　　　　　すこし（一點兒）
　　ぜんぶ（全部）　　　　　　たくさん（很多）
　　ちょっと（一點兒）

（5）表示次數、頻繁度
　　いつも（經常，總是）　　　たいてい（大多，大抵）
　　ときどき（偶而）　　　　　はじめて（第一次）
　　また（又，還）　　　　　　もう一度（再一次）
　　よく（時常）

（6）表示狀態
　　ちょうど（剛好）
　　まっすぐ（直直地）
　　ゆっくり（慢慢地）

あまり～ない

grammar 001
Track 142

1. 不太…；3. 完全不…

接續方法▶ あまり（あんまり）＋ {形容詞・形容動・動詞否定形} ＋～ない

1 【程度】「あまり」下接否定的形式，表示程度不特別高，數量不特別多，如例（1）～（3）。

2 〖口語－あんまり〗 在口語中常說成「あんまり」，如例（4）。

3 〖全面否定－ぜんぜん～ない〗 若想表示全面否定可用「全然（ぜんぜん）～ない」，如例（5）。這種用法否定意味較為強烈。

	話題	副詞	形容詞	否定……程度不高
	↓	↓	↓	↓

例1 あの 店（みせ）は あまり おいしく ありませんでした。

那家店的餐點不太好吃。

你說那間新開的餐廳嗎？我吃過了，可是我覺得並不是很好吃…。

「あまり」後面接「おいしくありません」（不好吃）表示美味的程度並不高。

☞ **文法應用例句** ⋯⋯⋯⋯⋯⋯⋯⋯⋯⋯⋯⋯⋯⋯⋯⋯

2 小時候身體不太好。

┌幼小的┐ ┌身體┐ ┌強壯的┐
小さいころ、あまり 体（からだ）が 丈夫（じょうぶ）では ありませんでした。

★「あまり～ない」（程度不夠），在此表小時候身體狀況不是很健康「丈夫」。

3 我不太懂「を」和「に」的用法有何不同。

┌使用┐┌方法┐ ┌──不懂──┐
「を」と「に」の 使（つか）い方（かた）が あまり 分（わ）かりません。

★「あまり～ない」（不充分），在此表對「を、に」有何不同不是很懂「分かる」。

4 不大想去。

┌前往┐
あんまり 行（い）きたく ありません。

★「あまり～ない」（程度不高），表示對前往的興趣不太強烈。

5 今天的考試統統答不出來。

┌測驗┐ ┌完全地┐
今日（きょう）の テストは 全然（ぜんぜん） できませんでした。

★「全然～ない」表示完全不會，強調結果不符說話人的期待。

10.

接續詞

接續詞介於前後句子或詞語之間，起承先啟後的作用。接續詞按功能可分類如下：

1. 把兩件事物用邏輯關係連接起來的接續詞

（1）表示順態發展。根據對方說的話，再說出自己的想法或心情。或用在某事物的開始或結束，以及與人分別的時候。如：

それでは（那麼）

例：

「この　くつ、ちょっと　大_{おお}きいですね。」
「それでは　こちらは　いかがでしょうか。」
（「這雙鞋子，有點大耶！」「那麼，這雙您覺得如何？」）

それでは、さようなら。（那麼，再見！）

（2）表示轉折關係，後面的事態跟前面的事態是相反的，或提出與對方相反的意見。如：

しかし（但是）

例：

時間_{じ かん}は　あります。しかし　お金_{かね}が　ありません。
（我有時間，但是沒有錢。）

（3）表示讓步條件。用在句首，表示跟前面的敘述內容，相反的事情持續著。比較口語化，比「しかし」說法更隨便。如：

でも（不過）

例：

たくさん　食_たべました。でも　すぐ　お腹_{なか}がすきました。
（吃了很多，不過肚子馬上又餓了。）

2. 分別敘述兩件以上事物時使用的接續詞

（1）表示動作順序。連接前後兩件事情，表示事情按照時間順序發生。如：

　　そして（接著）、それから（然後）

　　例：

　　　　昨日は　映画を　見ました。そして　食事をしました。
　　　　（昨天看了電影，然後吃了飯。）

　　　　食事を　して、それから　歯を　磨きます。
　　　　（用了餐，接著刷牙。）

（2）表示並列。用在列舉事物，再加上某事物。如：

　　そして（還有）、それから（還有）

　　例：

　　　　うちには　犬と　猫が　います。それから　亀も　います。
　　　　（我家有狗和貓，還有烏龜。）

Practice • 8

問題一 問題 （　）の ところに なにを いれますか。1・2・3・4から いちばん いい ものを 1つ えらびなさい。

1 「この かばんは ちんさん （　）ですか。」「ええ、そうです。」
1 の　　　　2 で　　　　3 に　　　　4 を

2 やまださんは いしゃ （　）、かれの おくさんは がくしゃです。
1 の　　　　2 で　　　　3 に　　　　4 と

3 これは ちゅうごくごの ほん （　）、あれは えいごの ほんです。
1 の　　　　2 で　　　　3 に　　　　4 と

4 テーブルの 上に コップ （　）ならんで います。
1 を　　　　2 が　　　　3 に　　　　4 で

5 あしたは たぶん （　）でしょう。
1 雨の　　　2 雨で　　　3 雨　　　　4 雨と

6 にほん （　） かいしゃで はたらいて います。
1 に　　　　2 の　　　　3 を　　　　4 と

7 この つくえは せんせい （　）です。
1 に　　　　2 の　　　　3 を　　　　4 と

8 「こども （　） くつが ほしいですが……。」「くつ うりばは 6かいですよ。」
1 に　　　　2 の　　　　3 を　　　　4 と

問題 どの こたえが いちばん いいですか。1・2・3・4
から いちばん いい ものを 1つ えらびなさい

[1] 「この かさは だれ（　　）ですか。」「わたしのです。」
　1　の　　　　2　が　　　　3　に　　　　4　で

[2] 「おこさんは いま （　　）ですか。」「ええ、そうです。」
　1　がくせいの　　　　　　　2　がくせいが
　3　がくせいで　　　　　　　4　がくせい

[3] 「この ほん（　　）あの ほんを ください。」「はい、ありが
とう ございます。」
　1　や　　　　2　で　　　　3　と　　　　4　を

[4] 「こうさんは どこで はたらいて いますか。」「にほん（　　）
かいしゃで はたらいて います。」
　1　で　　　　2　に　　　　3　の　　　　4　と

問題 どの こたえが いちばん いいですか。1・2・3・4
からいちばん いい ものを えらびなさい。

[1] A「きれいな とけいですね。」
　B「これは アメリカの とけい（　　　　）、これは スイスの
　　とけいです。」
　1　は　　　　2　が　　　　3　で　　　　4　と

[2] A「りょこうは どうでしたか。」
　B「おもしろく（　　　　）、たのしかったです。」
　1　と　　　　2　て　　　　3　し　　　　4　が

[3] A「これは だれの きょうかしょですか。」
　B「ちんさん（　　　　　　）。」
　1　のます　　　　　　　　2　のです
　3　のだった　　　　　　　4　のました

4 A「パーティで　なにか　たべましたか。」

　　B「はい。でも　ひとが　おおかったですから　（　　　　）。」

　1　すこしだけ　たべました　　　2　なにも　たべました

　3　たべませんでした　　　　　　4　なにを　たべました

5 A「えきまで、なにで　きましたか。」

　　B「（　　　　　　　　　）きました。」

　1　バスでした　　　　　　　　　2　タクシーので

　3　バスで　　　　　　　　　　　4　タクシーまで

二、新日本語能力試驗的考試內容

N5 題型分析

測驗科目 (測驗時間)			試題內容		
			題型	小題 題數 *	分析
語言知識 (20分)	文字、語彙	1	漢字讀音 ◇	7	測驗漢字語彙的讀音。
		2	假名漢字寫法 ◇	5	測驗平假名語彙的漢字及片假名的寫法。
		3	選擇文脈語彙 ◇	6	測驗根據文脈選擇適切語彙。
		4	替換類義詞 ○	3	測驗根據試題的語彙或說法，選擇類義詞或類義說法。
語言知識、讀解 (40分)	文法	1	文句的文法1 （文法形式判斷） ○	9	測驗辨別哪種文法形式符合文句內容。
		2	文句的文法2 （文句組構） ◆	4	測驗是否能夠組織文法正確且文義通順的句子。
		3	文章段落的 文法 ◆	4	測驗辨別該文句有無符合文脈。
	讀解 *	4	理解內容 （短文） ○	2	於讀完包含學習、生活、工作相關話題或情境等，約80字左右的撰寫平易的文章段落之後，測驗是否能夠理解其內容。
		5	理解內容 （中文） ○	2	於讀完包含以日常話題或情境為題材等，約250字左右的撰寫平易的文章段落之後，測驗是否能夠理解其內容。
		6	釐整資訊 ◆	1	測驗是否能夠從介紹或通知等，約250字左右的撰寫資訊題材中，找出所需的訊息。

	1	理解問題	◇	7	於聽取完整的會話段落之後，測驗是否能夠理解其內容（於聽完解決問題所需的具體訊息之後，測驗是否能夠理解應當採取的下一個適切步驟）。
聽解 （30分）	2	理解重點	◇	6	於聽取完整的會話段落之後，測驗是否能夠理解其內容（依據剛才已聽過的提示，測驗是否能夠抓住應當聽取的重點）。
	3	適切話語	◆	5	測驗一面看圖示，一面聽取情境說明時，是否能夠選擇適切的話語。
	4	即時應答	◆	6	測驗於聽完簡短的詢問之後，是否能夠選擇適切的應答。

＊「小題題數」為每次測驗的約略題數，與實際測驗時的題數可能未盡相同。此外，亦有可能會變更小題題數。

＊有時在「讀解」科目中，同一段文章可能會有數道小題。

＊符號標示：「◆」舊制測驗沒有出現過的嶄新題型；「◇」沿襲舊制測驗的題型，但是更動部分形式；「○」與舊制測驗一樣的題型。

資料來源：《日本語能力試驗JLPT官方網站：關於N4及N5的測驗時間、試題題數基準的變更》。
2020年9月10日，取自：https://www.jlpt.jp/tw/topics/202009091599643004.html

新制日檢模擬考題

*以「國際交流基金日本國際教育支援協會」的「新しい『日本語能力試験』ガイド
ブック」為基準的三回「文法 模擬考題」。

もんだい1 應考訣竅

N5的問題1，預測會考16題。這一題型基本上是延續舊制的考試方式。也就是給一個不完整的句子，讓考生從4個選項中，選出自己認為正確的選項，進行填空，使句子的語法正確、意思通順。

從新制概要中預測，文法不僅在這裡，常用漢字表示的，如「中、方」也可能在語彙問題中出現；接續詞（しかし、それでは）應該會在文法問題2出現。當然，所有的文法・文型在閱讀中出現頻率，絕對很高的。

總而言之，無論在哪種題型，文法都是掌握高分的重要角色。

もんだい1 （　　　）に 何を いれますか。1・2・3・4から いちばん いい ものを 一つ えらんで ください。

---

1 かようび （　　　） がっこうは おやすみです。

1 と　　　　　　2 で　　　　　　3 から　　　　　4 へ

2 あの バスは いえの まえ（　　　） とまります。

1 に　　　　　　2 が　　　　　　3 まで　　　　　4 を

3 1しゅうかん （　　　） さんかい りょうりを します。

1 は　　　　　　2 が　　　　　　3 に　　　　　　4 を

4 きのう デパート（　　　） すずきさんに あいました。

1 に　　　　　　2 を　　　　　　3 が　　　　　　4 で

5 こんしゅうの にちようびに あねと ふたり（　　　） えいがを みに いきます。

1 で　　　　　　2 は　　　　　　3 が　　　　　　4 と

6 はなは ありません（　　）　かびんは ありません。
1 が　　　　　　　2 から　　　　　　3 ので　　　　4 と

7 どようび いっしょに としょかんへ （　　）ませんか。
1 いく　　　　　　2 いって　　　　　3 いか　　　　4 いき

8 くもが たくさん でてきたので あしたは さむく （　　）。
1 なるでしょう　　　　　　　　2 なりました
3 なりたいです　　　　　　　　4 します

9 れいぞうこに たくさん ケーキが （　　）。
1 はいって います　　　　　　2 あって います
3 して います　　　　　　　　4 もって います

10 がっこうに （　　）とき きょうしつに だれも いませんでした。
1 ついて　　　　　2 ついた　　　　3 つく　　　　4 つかない

11 いまから いえに かえって すぐに （　　）。
1 べんきょうします　　　　　　2 べんきょして います
3 べんきょうです　　　　　　　4 べんきょうして いました

12 （　　） あなたの かいしゃの ひとですか。
1 どなたか　　　　2 どなたが　　　3 どなたは　　　4 どなたと

13 きのう うまれて （　　） めがねを かいました。
1 はじめまして　　2 はじめました　3 はじめに　　　4 はじめて

14 きょうは　まだ　にほんごの　べんきょうを　（　　）。

1　します　　　　　　　　　　2　していません

3　してありません　　　　　　4　しませんでした

15 もう　その　えいがは　（　　）。

1　みます　　　　　　　　　　2　みて　います

3　みませんでした　　　　　　4　みました

16 この　かばんは　もっと　（　　）。

1　やすくないでした　　2　やすいです　　3　やすいだです　　4　やすいでした

もんだい2 應考訣竅

　　問題2是「部分句子重組」題，出題方式是在一個句子中，挑出相連的4個詞，將其順序打亂，要考生將這4個順序混亂的字詞，跟問題句連結成為一句文意通順的句子。預估出5題。

　　應付這類題型，考生必須熟悉各種日文句子組成要素（日語語順的特徵）及句型，才能迅速且正確地組合句子。因此，打好句型、文法的底子是第一重要的，也就是把文法中的「助詞、慣用型、時態、體態、形式名詞、呼應和接續關係」等等弄得滾瓜爛熟，接下來就是多接觸文章，習慣日語的語順。

　　問題2既然是在「文法」題型中，那麼解題的關鍵就在文法了。因此，做題的方式，就是看過問題句後，集中精神在4個選項上，把關鍵的文法找出來，配合它前面或後面的接續，這樣大致的順序就出來了。接下再根據問題句的語順進行判斷。這一題型往往會有一個選項，不知道放在哪個位置，這時候，請試著放在最前面或最後面的空格中。這樣，文法正確、文意通順的句子就很容易完成了。

＊請注意答案要的是標示「★」的空格，要填對位置喔！

もんだい2 ＿★＿ に 入る ものは どれですか。1・2・3・4から
いちばん いい ものを 一つ えらんで ください。

（もんだいれい）

　　どちら＿＿＿＿ ＿＿＿＿ ＿★＿ ＿＿＿＿ですか。

　　1　カメラ　　　2　あなた　　　3　が　　　4　の

（こたえかた）

1. ただしい 文を つくります。

┌──┐
│　　　　　どちら＿＿＿＿ ＿＿＿＿ ＿★＿ ＿＿＿＿ですか。　　　　　│
│　　　3　が　　2　あなた　4　の　　1　カメラ　　　　　　│
└──┘

2．＿★＿ に 入る ばんごうを くろく ぬります。

　　　　　　　（かいとうようし）　┌──────┬──────────────┐
　　　　　　　　　　　　　　　　│（例）│ ① ② ③ ❹ │
　　　　　　　　　　　　　　　　└──────┴──────────────┘

17　あした ＿＿＿＿ ＿＿＿＿ ＿★＿ ＿＿＿＿か。

　　1　だれ　　　　　　2　は　　　　　　3　やすむ 人　4　です

18　1時 ＿＿＿＿ ＿＿＿＿。＿★＿ ＿＿＿＿を 始めます。

　　1　なりました　　　2　テスト　　　3　に　　　　　4　それでは

19　どなた ＿＿＿＿ ＿＿＿＿ ＿★＿ ＿＿＿＿んですか。

　　1　見に　　　　　　2　どうぶつを　　3　と　　　　　4　行く

20　らいしゅうの ＿＿＿＿ ＿＿＿＿ ＿★＿ ＿＿＿＿つかいます。

　　1　3じには　　　　2　きょうしつを　3　ごご　　　　4　かようびの

21　あの ホテル＿＿＿＿ ＿＿＿＿ ＿★＿ ＿＿＿＿たかいです。

　　1　が　　　　　　　2　です　　　　3　りっぱ　　　4　は

238

もんだい3 考試訣竅

「文章的文法」這一題型是先給一篇文章，隨後就文章內容，去選詞填空，選出符合文章脈絡的文法問題。預估出5題。

做這種題，要先通讀全文，好好掌握文章，抓住文章中一個或幾個要點或觀點。第2次再細讀，尤其要仔細閱讀填空處的上下文，就上下文脈絡，並配合文章的要點，來進行選擇。細讀的時候，可以試著在填空處填寫上答案，再看選項，最後進行判斷。

由於做這種題型，必須把握前句跟後句，甚至前段與後段之間的意思關係，才能正確選擇相應的文法。也因此，前面選擇的正確與否，也會影響到後面其他問題的正確理解。

做題時，要仔細閱讀 ＿＿＿ 的前後文，從意思上、邏輯上弄清楚是順接還是逆接、是肯定還是否定，是進行舉例說明，還是換句話說。經過反覆閱讀有關章節，理清枝節，抓住關鍵之處後，再跟選項對照，抓出主要，刪去錯誤，就可以選擇正確答案。另外，對日本文化、社會、風俗習慣等的認識跟理解，對答題是有絕大功益的。

もんだい3 　22 　から 　26 　に 何を 入れますか。1・2・3・4から いちばん いい ものを 一つ えらんで ください。

　たろうと はなこの うちに おきゃくさんが 来ます。ふたりは おきゃくさんの ことを ぶんしょうに しました。

(1)

　きょうの ごごに おきゃくさんが きました。ごぜんちゅう みんなで じゅんびを しました。いすを 5こ ならべました。 22 4にん きました。いっしょに おちゃを 23 、 24 はなしを しているときに ふうふが きました。

(2)

きょうの よる、おじさんたちが くるまで わたしの **25** いっしょ
にごはんを たべます。おじさんは だいたい 5じ ぐらいに くると い
いましたが **26** きません。おかあさんが 5じ 10ぷんに おじさんに
でんわを かけました。あと 20ぷんで わたしの いえに つくと いいま
した。

22
1 2じに なって 　　　　　　　2 2じに なるは
3 2じに なるに 　　　　　　　4 2じに なるが

23
1 のんだら 　　　　　　　　　　2 のみながら
3 のみますので 　　　　　　　　4 のみますから

24
1 たのしい 　　　2 たのしかった 　3 たのしいな 　4 たのしみ

25
1 いえに いって 　　　　　　　　2 いえに きて
3 いえに ついて 　　　　　　　　4 いえに でて

26
1 まだ 　　　　　2 もう 　　　　3 いつも 　　　　4 どう

もんだい1　（　　　）に　何を　いれますか。1・2・3・4から　いち
　　　　　　ばん　いい　ものを　一つ　えらんで　ください。

1　おとうさん（　　）　いっしょに　プールにへ　いく　つもりです。
　　1　は　　　　　　　2　が　　　　　　　3　と　　　　　　　4　まで

2　これは　わたしの　フィルム（　　）　ありません。
　　1　へは　　　　　　　2　とは　　　　　　3　には　　　　　　4　では

3　ひるごはんは　パン（　　）　あつい　おちゃを　食べました。
　　1　も　　　　　　　2　や　　　　　　　3　か　　　　　　　4　の

4　これは　おばあちゃん（　　）　つくった　ふくです。
　　1　の　　　　　　　2　で　　　　　　　3　や　　　　　　　4　は

5　あさから　あめ（　　）　ふって　います。
　　1　は　　　　　　　2　まで　　　　　　3　が　　　　　　　4　に

6　あねは　デパートで　（　　）。
　　1　はたらいて　います　　　　　　　2　はたらきでした
　　3　はたらくです　　　　　　　　　　4　はたらいたです

7　いとうさんの　おかあさんは　（　　）　げんきな　ひとです。
　　1　あかるくて　　　2　あかるいの　　　3　あかるいな　　4　あかるいて

8　あの　どうぶつえんは　（　　）　きれいです。
　　1　おおきいので　　2　おおきくて　　　3　おおき　　　　4　おおいの

9 まどを （ 　 ） しめたり しないで ください。

1 あけて 　　　 2 あくて 　　　 3 あけたり 　　 4 あくたり

10 きょうしつの そとが しずかに （ 　 ）。

1 です 　　　　 2 なりました 　　 3 あります 　　 4 しています

11 ことしで はたちに なりましたので もう こどもでは （ 　 ）。

1 ございます 　　 2 ありません 　　 3 でした 　　　 4 いませんでした

12 せんせいの たんじょうびが （ 　 ） わすれました。

1 いつに 　　　 2 いつ 　　　　 3 いつか 　　　 4 いつの

13 だいどころで ははが そうじを （ 　 ）。

1 して います 　 2 つかいます 　　 3 あります 　　 4 もう します

14 A「この ほんと あの じびきを （ 　 ）。ぜんぶで いくらに なり
ますか。」

　 B「ありがとう ございます。ぜんぶで ごせんえんです。」

1 かいませんか 　　　　　　　　 2 かいたくないです

3 かいたいです 　　　　　　　　 4 かいました

15 きょう おとうさんは かぜを （ 　 ） かいしゃを やすみました。

1 ひいた 　　　 2 ひいたが 　　 3 ひいて 　　　 4 ひいたり

16 この はなしを だれから （ 　 ）。

1 ききましたか 　　　　　　　　 2 はなしますか

3 はなしましたか 　　　　　　　 4 ききましたか

もんだい2 ___★___ に 入る ものは どれですか。1・2・3・4から
　　　　　 いちばん いい ものを 一つ えらんで ください。

（もんだいれい）

　　どちら_____ _____ __★__ _____ですか。
　　1　カメラ　　　2　あなた　　3　が　　　4　の

（こたえかた）

1. ただしい 文を つくります。

どちら_____ _____ __★__ _____ですか。
3　が　2　あなた　4　の　1　カメラ

2. __★__ に 入る ばんごうを くろく ぬります。

（かいとうようし）　（例）　① ② ③ ❹

17　あの ぼうし_____ _____ __★__ _____ です。
　　1　たなかさん　　2　が　　　　3　を　　　　4　かぶっている人

18　あ、バス_____ _____ 。__★__ _____ 乗って いますね。
　　1　でも　　　　　2　来ましたよ　　3　が　　　　4　大勢

19　きのうは ふうふ_____ _____ __★__ _____ 。
　　1　に　　　　　　2　パーティー　　3　行きました　　4　で

20　もしもし、_____ _____ __★__ _____ いますか。
　　1　が　　　　　　2　は　　　　　　3　みずしたさん　4　やまもとです

21　_____ _____ __★__ _____ しかふりませんでした。
　　1　きょねんの　　2　1かい　　　　3　ゆきが　　　　4　ふゆは

もんだい3　22 から 26 に　何を　入れますか。1・2・3・4から
　　　　　いちばん　いい　ものを　一つ　えらんで　ください。

　たろうと　はなこは　りょうりの　はなしを　しました。

(1)

　　じかんが　あるとき　わたしは　よく　22 。おにくと　やさいの　りょ
　うりが　23 、ときどき　まずいものが　できます。りょうりは　むずかし
　いと　おもいます。

(2)

　　みなさん、この　りょうりは　どうですか。ぜんぜん　24 ですね。もっと
　しおからいのが　すきな　ひとは　25 しおか　しょうゆを　いれて
　ください。こちらに　ありますから　26 。

22
　　1　りょうりを　しません　　　　　2　りょうりを　します
　　3　りょうりが　できます　　　　　4　りょうりを　しましょう

23
　　1　じょうずなので　　　　　　　　2　じょうずですが
　　3　へたですが　　　　　　　　　　4　じょうずですから

24
　　1　おいしい　　　2　おいしくない　3　まずい　　　4　まずくない

25
　　1　じぶんが　　　2　じぶんは　　　3　じぶんに　　　4　じぶんで

26
　　1　どうぞ　　　　2　どうも　　　　3　どうか　　　　4　どうよ

もんだい1　（　　　）に　何を　いれますか。1・2・3・4から　いち
　　　　　　ばん　いい　ものを　一つ　えらんで　ください。

1　じびき（　　）　いろいろな　たんごの　いみを　しらべます。
　1　に　　　　　　　2　が　　　　　　　3　から　　　　　　4　で

2　なに（　　）　おもしろい　ばんぐみは　ありますか。
　1　か　　　　　　　2　が　　　　　　　3　は　　　　　　　4　から

3　りんごは　ぜんぶ（　　）　1000円です。
　1　で　　　　　　　2　か　　　　　　　3　は　　　　　　　4　を

4　ビール（　　）　ジュースを　のみますか。
　1　が　　　　　　　2　か　　　　　　　3　と　　　　　　　4　に

5　すずきさんは　ピアノを　じょうず（　　）　ひきます。
　1　で　　　　　　　2　は　　　　　　　3　に　　　　　　　4　と

6　きのうは　テレビを　みて　しんぶんを　（　　）　ねました。
　1　よみ　　　　　　　　　　　　　　　2　よんで　いまして
　3　よんで　　　　　　　　　　　　　　4　よんだり

7　いっしょに　スーパーに　かいものに　（　　）。
　1　いきたいでしょう　　　　　　　　　2　いきましょう
　3　いきでしょう　　　　　　　　　　　4　いくになります

8　つくえの　うえに　ほそい　まんねんひつが　（　　）　あります。
　1　おき　　　　　　2　おきて　　　　　3　おいて　　　　4　おく

9 らいしゅうは　どようびも　にちようびも　じかんが　（　　）。
1　ひまです　　　　　　　　　　　2　いそがしいです
3　あります　　　　　　　　　　　4　います

10 どこで　くすりを　（　　）。
1　ありますか　　　2　もらいますか　3　あげますか　4　ほしいですか

11 としょかんの　ほんだなには　ほんが　きれいに　ならべて　（　　）。
1　います　　　　　2　あります　　　3　いて　います　4　いました

12 こどもが　にかいで　ねて　いますから　みなさん　（　　）して　ください。
1　にぎやかに　　　2　しずかに　　　3　げんきで　　　4　たいせつに

13 A「すみません。（　　）の　おさけは　どこで　うって　いますか。」
　　B「5かいに　ありますよ。」
1　そと　　　　　　2　がいこく　　　3　なか　　　　　4　くに

14 れいぞうこを　あまり　ながい　じかん　（　　）　ください。
1　しめないで　　　2　しめて　　　　3　あけないで　4　あけて　おいて

15 （　　）　おなかが　いっぱいですから　なにも　いりません。
1　もう　　　　　　2　あまり　　　　3　よく　　　　　4　いくら

16 やまださんは　いつも　なんまんえんも　（　　）。
1　もちます　　　　　　　　　　　2　もって　います
3　もって　いません　　　　　　　4　もちません

もんだい2 ___★___ に 入る ものは どれですか。1・2・3・4から
いちばん いい ものを 一つ えらんで ください。

（もんだいれい）

どちら_____ _____ __★__ _____ですか。

1　カメラ　　　2　あなた　　3　が　　　　4　の

（こたえかた）

1. ただしい 文を つくります。

どちら_____ _____ __★__ _____ですか。

3　が　　2　あなた　4　の　　1　カメラ

2. __★__ に 入る ばんごうを くろく ぬります。

（かいとうようし）　｜（例）｜ ① ② ③ ❹

---

17 まいあさ　うち _____ _____ __★__ _____ がっこうに　行きます。

1　から　　　　　2　せんたくを　　3　して　　　　4　で

18 _____ _____ __★__ _____ 、失くさないで　ください。

1　から　　　　　2　たいせつ　　　3　かみです　　4　な

19 さとうは _____ _____ __★__ _____ よ。

1　あります　　　2　テーブルの　　3　うえに　　　4　だいどころの

20 ドアの　右_____ _____ __★__ _____ あります。

1　が　　　　　　2　スイッチ　　　3　に　　　　　4　でんきの

21 おもしろい _____ _____ __★__ _____ 。

1　すんで　います　2　いえに　　　　3　人が　　　　4　となりの

もんだい3　22 から 26 に 何を 入れますか。1・2・3・4から
いちばん いい ものを 一つ えらんで ください。

　きょうは がっこうで いろいろな べんきょうの はなしを しました。
たろうと はなこは べんきょうの ことを にっきに かきました。

(1)

　わたしは まいにち ラジオを 22 にほんごの べんきょうを しま
す。 23 きょうは にほんの ともだちの いえに あそびに いったの
で、べんきょうしないで かのじょと 3じかん 24 。とても たのしかっ
たです。

---

(2)

　いとうさんは ピアノを とても じょうずに ひきます。きょうも おんが
く きょうしつで れんしゅうして いましたが、きょうは いつもとちがって
すこし へたでした。いとうさんに 25 と きくと、きょうは てが い
たいと 26 。

22
　1　きくと　　　　2　きくに　　　　3　きいて　　　　4　ききたい

23
　1　そして　　　　2　でも　　　　　3　では　　　　　4　だから

24
　1　はなしを しました　　　　　　2　はなしが しました
　3　はなしは します　　　　　　　4　はなしに しました

25

1　どう　しますか 2　どう　しましょうか

3　どう　しましたか 4　どう　しようか

26

1　はなしました 2　いいました

3　ききました 4　よびました

第一回

もんだい1

1	3	2	1	3	3	4	4	5	1
6	1	7	4	8	1	9	1	10	2
11	1	12	2	13	4	14	2	15	4
16	2								

もんだい2

17	1	18	4	19	1	20	1	21	2

もんだい3

22	1	23	2	24	1	25	2	26	1

第二回

もんだい1

1	3	2	4	3	2	4	1	5	3
6	1	7	1	8	2	9	3	10	2
11	2	12	3	13	1	14	3	15	3
16	4								

もんだい2

17	2	18	1	19	1	20	3	21	3

もんだい3

22	2	23	2	24	2	25	4	26	1

第三回

もんだい1

1	4		2	1		3	1		4	2		5	3
6	3		7	2		8	3		9	3		10	2
11	2		12	2		13	2		14	3		15	1
16	2												

もんだい2

17	3		18	3		19	3		20	2		21	2

もんだい3

22	3		23	2		24	1		25	3		26	2

必勝問題解答

第一回必勝問題

問題一

題號	1	2	3	4	5	6	7	8	9	10
答案	2	2	3	4	2	2	2	2	3	2

題號	11	12	13	14	15	16	17	18	19	20
答案	1	2	2	3	2	2	2	2	4	2

題號	21	22	23	24	25	26	27	28	29	30
答案	2	3	2	4	2	2	2	3	2	3

題號	31	32	33	34	35	36	37	38	39	40
答案	2	3	2	3	1	4	3	2	2	1

題號	41	42	43	44	45	46	47	48	49	50
答案	2	2	2	2	1	3	1	4	2	2

題號	51	52	53	54	55	56	57	58	59	60
答案	2	2	3	3	2	2	3	2	4	2

題號	61	62	63	64	65	66	67	68	69	70
答案	4	1	1	3	1	2	3	2	3	4

題號	71
答案	1

問題二

題號	1	2	3	4	5	6	7	8	9	10
答案	3	2	1	2	4	3	4	2	4	1

題號	11	12	13	14	15	16	17	18	19	20
答案	4	3	4	3	2	4	2	2	3	3

問題三

題號	1	2	3	4	5
答案	2	3	1	4	2

第二回必勝問題

問題一

題號	1	2	3	4	5	6	7	8	9	10
答案	2	3	1	3	3	4	2	2	2	2

題號	11
答案	2

問題二

題號	1	2	3	4
答案	2	3	2	4

問題三

題號	1	2	3	4	5
答案	3	2	1	4	3

第三回必勝問題

問題一

題號	1	2	3	4	5	6	7	8	9	10
答案	3	2	3	3	3	1	1	2	2	3

題號	11	12	13	14	15	16	17	18	19	20
答案	3	2	2	1	3	2	2	1	2	2

題號	21	22	23	24	25	26	27	28	29	30
答案	3	3	2	2	2	1	3	3	2	2

題號	31	32	33	34
答案	3	1	2	3

問題二

題號	1	2	3	4
答案	4	4	2	2

問題三

題號	1	2	3	4	5
答案	3	3	4	2	3

第四回必勝問題

問題一

題號	1	2	3	4	5	6	7	8
答案	2	4	3	2	2	2	2	1

問題二

題號	1	2	3	4
答案	1	3	4	4

問題三

題號	1	2	3	4	5
答案	2	3	2	4	4

第五回必勝問題

問題一

題號	1	2	3	4	5	6	7	8	9	10
答案	1	3	2	4	3	2	3	4	2	4

題號	11	12
答案	2	4

問題二

題號	1	2	3	4
答案	3	4	3	4

問題三

題號	1	2	3	4	5
答案	4	4	1	2	4

第六回必勝問題

問題一

題號	1	2	3	4	5	6	7	8	9	10
答案	3	1	1	3	3	2	2	4	2	2

題號	11	12
答案	2	2

問題二

題號	1	2	3	4
答案	3	2	4	3

問題三

題號	1	2	3	4	5
答案	2	3	2	3	2

第七回必勝問題

問題一

題號	1	2	3	4	5	6	7	8	9	10
答案	2	2	2	3	4	2	2	1	3	3

題號	11	12	13	14	15	16	17	18	19	20
答案	3	2	3	1	2	3	3	4	2	1

題號	21	22	23	24	25	26	27	28	29	30
答案	1	3	4	4	2	3	1	2	1	3

題號	31	32	33	34	35	36	37	38	39	40
答案	3	4	4	1	2	1	1	4	1	2

題號	41	42	43	44
答案	3	4	4	4

問題二

題號	1	2	3	4
答案	3	2	4	2

問題三

題號	1	2	3	4	5
答案	3	4	2	1	1

第八回必勝問題總復習

問題一

題號	1	2	3	4	5	6	7	8
答案	1	2	2	2	3	2	2	2

問題二

題號	1	2	3	4
答案	1	4	3	3

問題三

題號	1	2	3	4	5
答案	3	2	2	1	3

MEMO

N5.

N5

索引

Index 索引

MEMO

新制對應！
高效自學塾
絕對合格
日檢必背文法

5 N

［25K＋QR碼線上音檔］

【 自學制霸 01 】

2023年4月　　初版發行

- 發行人　　**林德勝**
- 著者　　**吉松由美、千田晴夫、林勝田、山田社日檢題庫小組**
- 出版發行　　**山田社文化事業有限公司**
  臺北市大安區安和路一段112巷17號7樓
  電話　02-2755-7622
  傳真　02-2700-1887
- 郵政劃撥　　**19867160號　大原文化事業有限公司**
- 總經銷　　**聯合發行股份有限公司**
  新北市新店區寶橋路235巷6弄6號2樓
  電話　02-2917-8022
  傳真　02-2915-6275
- 印刷　　**上鎰數位科技印刷有限公司**
- 法律顧問　　**林長振法律事務所　林長振律師**
- 書＋QR碼　　**定價　新台幣 355 元**

© ISBN：978-986-246-752-7
2023, Shan Tian She Culture Co. , Ltd.

STS

山田社

STS

山田社